青柳さんちのスープごはん

森崎 緩

宝島社
文庫

Mr. Aoyagi's Soup Gohan

CONTENTS

青柳さんちの
スープごはん

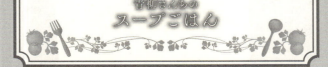

1 柔らか白菜の豆乳胡麻スープ

三月最後の土曜日、俺は函館《はこだて》空港の到着ゲートを、小さな手を引いてくぐった。

一時間半のフライト後でも二瑚《にこ》は元気いっぱいだ。初めての飛行機にも臆することなく挑み、機内では乗務員さんからおもちゃとジュースを貰《もら》ってご満悦だった。今はゆっくり回る手荷物受取所のターンテーブルを見て、不思議そうに身を乗り出している。

「パパ、あれなに？」

「ここで荷物を受け取るんだよ。見ててごらん、流れてくるから」

「ながれてくるの？」

「そう。パパのカバンは赤くて、ネコさんのシールが貼ってあるからね」

そう教えると彼女はもっともらしい顔で、我が家のトランクが流れてくるのを待ち受ける体勢になった。

二瑚は三歳五ヶ月になる。身長はまだ一メートルに届かない。やっと肩の下まで伸びたさらさらの髪と、まだピースが上手にできない小さな手と、子供らしくぷくぷくした頬の持ち主だ。ターンテーブルを見つめている目は好奇心に輝いていて、この世の楽しみを味わい尽くしてやろうという意思すら感じた。

俺も娘に負けじと、疲労感を押し殺すように息を吸う。二十代の終わり、四年ぶりに帰ってきた故郷だったが、感慨《かんがい》よりも底知れない焦りがあった。これからはたった一人で二瑚を守り抜かなければいけない。

前にここへ来た時は、妻の灯里《あかり》が一緒だった。

『私、北海道初めて。これからいっぱい来るようになるかな？』

そう言って笑う姿を今でも覚えている。こっちで暮らす俺の母親に結婚の挨拶をするための帰郷だった。俺にも人生を共にする相手ができ、これからはもう一人ぼっちではないのだと——その頃は思っていた。

今も俺は一人ぼっちではないが、灯里はもういない。病気が発覚してから他界するまであっという間で、別れの言葉も言えなかった。いや、どれだけの猶予があったとしても満足のいく別れにはならなかっただろう。これからどんどん成長していく二瑚を、二人で見守っていきたいと思っていたのに。

だが悲しみに打ちひしがれている暇はなく、俺には遺《のこ》された一人娘のために生活を維持していく義務がある。一人で二瑚を育てていくなら、もっと勤務時間に融通の利く職場へ転職する必要もあった。だからこそ住み慣れた東京を離れ、故郷の函館へ戻ってきたのだ。

考えすぎても仕方ない、せめて二瑚の前では笑っていよう。俺は込み上げる焦燥を呑《の》み込んだ。

「あっ、ネコさん！」

しばらく待った後、二瑚は赤いトランクに貼られたシールに気づいた。

俺が荷物を回収すると、こちらを見上げて屈託なく笑う。

「おにもつあってよかったね」

この旅は二瑚にとって初めて尽くしだ。羽田《はねだ》空港近くのホテルでお泊まりをしたのも、はるばる北海道まで来たことも、そもそも父親と二人だけで旅をしたことも今までない。途中でぐずる様子がなかったのは本当に幸いだった。

トランクを引き、二瑚と手を繋《つな》いでロビーへ向かう。函館空港のロビーは明るい吹き抜けになっていて、ガラス張りの窓からは昼下がりの陽射しが燦々《さんさん》と降り注いでいた。高い壁面には北海道の名産品や観光地の看板が並んでいて、紛れもなくここが北の大地だと実感させられる。

看板のうちの一つ、『ようこそ　北海道へ』と書かれたビールの広告を見た二瑚が声を上げる。

「『よ・う・こ・そ・へ』」

読めない字は読まない。それが二瑚のポリシーだ。

ロビーを通り抜ける途中、彼女は更に興味を惹《ひ》かれるものを見つけたらしい。

「パパ、『そふとくいーむ』ある！」

二瑚はラ行がまだ上手《うま》く言えない。その小さな指がさした先は、売店の店先で地元産生乳を百パーセント使用したと謳《うた》うソフトクリームののぼりが立っていた。

こちらで暮らすことになったのだから、二瑚には是非ともソフトクリームを食べさせたい。地元びいきみたいな意見かもしれないが、やはり北海道産の新鮮な牛乳で作ったお菓子はとびきり美味《おい》しいからだ。だが今日は待ち合わせの約束があるため、やむなく前を通り過ぎる。

「今日は時間がない。今度、どこかで食べようね」

「いつならじかんがあるの？」

「近いうちにね。お引っ越しの荷解《ほど》きが終わったら」

「おひっこし……」

まだ意味を知らないその言葉を、二瑚は小声で繰り返す。彼女なりに嚙《か》みくだこうとしているのだろうか。

「さて、お外は寒いから上着を着よう」

三月の北海道はまだ冬みたいなものだ。天気予報によれば気温は日中でもせいぜい五度までしかいかないとのことだった。だから俺は防寒用のポンチョを二瑚に着せておく。熟したイチゴ色のフリースのポンチョは二瑚のお気に入りで、おとなしく着させてくれた。

支度をして函館空港を出ると、たちまち容赦のない風が俺たちを襲った。駐車場に停《と》められた車を揺らし、街灯をもぎとろうと吹きすさぶ強風をまともに浴びて、たちまち身体《からだ》の芯から冷えていくようだ。俺が繋いだ手に力を込めると、二瑚もしっかり握り返してくる。

「風すごいねえ」

俺の言葉が聞こえなかったのか、こんな風の中でも二瑚はポンチョの裾を揺らし、リズムを取るような足取りでついてきた。知らないところに遊びに来た気分なのだろう。

だがそんな二瑚も、俺が一台の車の前で足を止めた瞬間に固まってしまった。車の前に、彼女にとっては初対面の相手がいたからだ。

「青柳《あおやぎ》！　久し振りだな」

こちらに向かって軽く手を挙げたのは蓮見《はすみ》卓也《たくや》さんだった。ツーブロックの髪を風に吹かれるままにしていて、スポーツジャージの上に羽織ったランチコートの裾も勢いよくはためいている。昔から不器用そうな笑い方をする人だったが、今もどこか決まり悪そうな笑みを浮かべている。

蓮見さんは俺より四つ年上の三十三歳だ。ここ函館で『企業ホームページから大漁旗まで』幅広く手掛けるデザイン会社を経営している。俺にとっては前の勤め先での先輩であり、この四月からの新しい雇い主でもあった。

そういう相手なので二瑚には愛想よく振る舞ってほしかったのだが、三歳の子供にそんな器用さがあるはずもない。

「お久し振りです、蓮見さん。わざわざありがとうございます」

会釈をした俺の脚にしがみついたかと思うと、陰から覗《のぞ》くように蓮見さんを見ている。表情は硬い。

「ええと、二瑚ちゃん。初めまして」

蓮見さんはぎこちなく中腰になり、こちらも硬めの笑みを浮かべた。

「二瑚、ご挨拶はできるかな？」

俺が促すと彼女はようやく、ぼそぼそと話す。

「あおやぎにこ、です……三さいです……」

それで蓮見さんも目を見開き、

「えっ、もう三歳か。この間産まれたって聞いたと思ったけど――」

不自然に言葉を止めた後、傍らの黒いワンボックスカーを指し示した。

「とりあえず、新居へ連れていくよ。後部座席にチャイルドシートもある」

「ありがとうございます」

俺はチャイルドシートに二瑚を座らせ、荷室にトランクを載せる。そして俺自身は二瑚の隣に座ると、急に不安そうになった彼女に告げた。

「これから新しいおうちに行くよ」

「うん……」

二瑚は釈然としていないのか、小さな唇を尖《とが》らせている。


蓮見さんの車は函館空港を離れ、漁火通《いさりびどおり》を函館駅前方面へ向かい走っていた。

窓の外には大森浜《おおもりはま》の海岸線が流れていく。春先の海は深く暗い青色をしていて、荒く白波立っていた。東京生まれの二瑚にとって広い海は珍しいはずだが、彼女は車窓の景色よりも手元のおもちゃに夢中のようだ。

「今日はありがとうございます。お休みなのに迎えに来ていただいて」

俺は運転席の蓮見さんにお礼を告げた。

「そこまで面倒見るって約束だったからな」

「しかも、チャイルドシートまで用意してもらっちゃって……」

「福利厚生のうちだよ」

バックミラーに映る蓮見さんが気安く笑う。

「むしろ、こんなものもレンタルできるなんて知らなかった。子供がいないとわからないことって多いな」

彼とは東京にいた頃、新卒で就職して以来の付き合いだ。

俺たちがいたのはそれなりに大手のデザイン制作会社で、お互いにデザイナーとして働いていた。消極的利己主義で大体のことは『なるようになる』で受け流す俺と、仕事でも対人でもとにかく慎重を期すタイプの蓮見さんは、お互い友達がいないという共通点がある。人付き合いが苦手、周りの空気に合わせるのも下手《へた》で、ましてや職場で濃密な人間関係を築きたいとも思っていなかった俺たちだったが、後輩の俺が函館出身だと聞いた蓮見さんはその瞬間、周りが驚くような反応のよさを見せた。

『函館出身？　えっ、函館のどこ？　小学校はどこ通ってた？』

後で聞いた噂《うわさ》によれば、蓮見さんが楽し気に話すのを初めて見た、という社員がそこそこいたそうだ。

些細《ささい》なご縁ではあるが、軽く一千万人以上の人間がひしめく大都会で、北海道の一地方都市出身の者が同じ会社に二人も居合わせるなんてまさに奇跡だ。あいにく俺たちの実家は離れていたし出身校も違ったが、町の名前も学校名も知っていたため盛り上がり、そこから話すようになった。俺の結婚式では他にスピーチを頼める人がおらず、もしできたらと頭を下げたら二つ返事で了承してくれたいい人だ。

できれば灯里と一緒に再会して、あの時のお礼を言いたかったのだが。

「……その」

蓮見さんが言いにくそうにしたので、何の話題を振られるかは察しがついた。

俺もそうだが、生前の灯里にとっても蓮見さんは先輩だった。灯里は営業担当だったからそこまで接する機会はなかったものの、俺を挟んで何度か談笑する機会はあった。だから灯里の死を知らせた時、蓮見さんも絶句し、そしてお悔やみの言葉をくれた。

「奥さんの、行けなくて済まなかったな。せめて墓前に手を合わせるくらいはしたかったんだけど……」

そう言われて、俺は横目で二瑚を窺《うかが》う。彼女は何も知らない顔で握り締めたおもちゃを弄《いじ》っていた。

「いいんです。突然のことでしたから、お気持ちだけで。骨は向こうにありますし」

俺が応じると、蓮見さんは少し驚いたようだ。

「向こうに？　じゃあ、ご両親のところに？」

「ええ」

「そうか。野瀬《のぜ》さん、東京にいるのか」

野瀬灯里というのが、妻のかつての名前だった。

その呼び方を噛み締めたくなったのは一瞬だけで、すぐに俺は話を変える。

「ところで、また仕事でご一緒できるなんて嬉《うれ》しいです」

蓮見さんは真面目《まじめ》に頷《うなず》いた。

「こちらこそ。人手が足りなかったから、青柳に来てもらえて助かるよ」

「お蔭《かげ》で戻ってくることができました」

そう続けたら、今度は控えめな笑いが返ってくる。

「まあ……見知った土地はいいよな」

俺はこの三月で前の職場を辞めたが、蓮見さんが辞めたのは二年前の話だ。送別会は催されなかった。どうも上司と折り合いが悪かったらしいが、だからといってその扱いはおかしいと俺も灯里も憤ったものだ。もっとも蓮見さん自身はどうでもよさそうなそぶりで去っていった。

そんな人だから、函館に戻って会社を興したと聞いた時は驚いた。しかも会社はまずまず軌道に乗っているそうで、俺なんぞを雇うとまで言ってくれている。今日会う前にも何度か電話やウェブ会議で話していたが、昔と比べて心なしか明るくなったように見えた。

「青柳はどうだ？　帰ってくるのも久々なんだろ？」

話を振られ、俺は改めて外を眺めた。

ちょうど熱帯植物園前を通り過ぎたところで、湯《ゆ》の川《かわ》温泉近くにそびえる立派なホテル群、そしてその前に停留する数台の大型バスが見えた。春休みシーズンだからか活況のようで、我が故郷は観光地として名を馳《は》せているようだ。

ただ俺は、故郷にあまりいい思い出がない。あの植物園も湯の川温泉も一度として行ったことはないし、旧公会堂《きゅうこうかいどう》や五稜郭公園《ごりょうかくこうえん》といった名だたる観光地にも学校行事で足を運んだのみだ。子供の頃から学生時代に至るまで、休日は一人ぼっちで過ごすことが多かった。

それでも二瑚には、この街でいい思い出をたくさん作ってほしい。親とは勝手なもので、自分に叶《かな》えられなかった夢を子供にたやすく託したがる。俺に似たら二瑚も非社交的でインドア派の子供に育ってしまいそうだから、母親譲りの朗らかさ、思いやりを持った子になってくれたら——それも親の役目か。肝に銘じなくては。

幸い、函館には二瑚を預けられるこども園があり、園からそう遠くない場所に新居も借りられた。新生活を軌道に乗せる準備は着々と整いつつある。

「母と会うのが若干心配なくらいですね」

目下《もっか》、一番の懸念事項を答えた俺に対し、蓮見さんは気遣わしげに応じた。

「そうだろうな。青柳のお母さんか……」

今回の引っ越しにあたり、蓮見さんには母のことも打ち明けてある。今の二瑚に俺しかいないように、かつての俺には母しかいなかった。だが母にとってのの俺は過去の汚点であり、負債であり、黒歴史でもある。だから母と会うことだけはどうしても憂鬱だった。

車はやがて海岸線を離れ、函館山方面へと向かう。

俺と二瑚の新居は函館市電宝来《ほうらい》・谷地頭線《やちがしらせん》沿い、函館公園の程近くにあるアパートだ。

娘を抱え東京を離れられなかった俺のために、蓮見さんが内見まで済ませてくれていた。送ってもらった資料によれば築年数はそこそこだがリフォームが入ってきれいだったし、２ＬＤＫだから二瑚の部屋を用意できる。これでお片づけを覚えてくれたら、と期待してもいた。

蓮見さんがアパートの駐車場に車を停め、俺は荷物と二瑚を降ろす。すると白壁のアパート前に仁王立ちしていた人物が、こちらに歩み寄ってきた。

「和佐《かずさ》？」

四年ぶりの再会とはいえ、訝《いぶか》しそうに声を掛けられるのは妙に思える。

俺は深呼吸をし、目の前にいる背の高い女性に返事をした。

「久し振り、母さん」

母の名前は青柳澪《みお》、記憶が正しければ五十三になる。だがピンと伸びた姿勢のよさと、手入れの行き届いた長い髪のお蔭でそこまで年齢を感じさせない。一方で俺と会う時でさえメイクに手を抜かず、きりりと引かれたアイラインにはいくらかの威圧感もあった。パンツスーツ姿の母には、少なくとも引っ越し作業を手伝ってくれる気配はなさそうだ。

「業者さん、まだ来てないよ。あんたが来たならもう帰ってもいい？」

髪をかき上げた母の二言目はそれだった。

こういう素っ気なさに慣れているのは俺だけで、この場には二瑚も蓮見さんもいた。どうにか二人には愛想よくしてくれないものかと、ひとまず俺は話を続ける。

「紹介するよ。こちら、新しい職場の社長で蓮見さん」

「初めまして、蓮見と申します」

蓮見さんが名刺を取り出したからか、母も反射的に名刺入れを開き、ビジネス的な名刺交換と相成った。ただ皮肉っぽく笑って付け足すことも忘れなかった。

「息子をなるべく長く使ってやってくださいね」

「もちろんですよ」

穏やかに応じる蓮見さんの傍らで、俺は内心ひやひやしていた。引っ越し業者が予定より早めに着いたら困るからと母に頼んでおいたのは失敗だったかもしれない。そもそもこの人に何かをお願いすること自体が間違っているのだと昔から知り尽くしていたはずなのに、俺はまだこの人を親だと思いたがっている。

母と俺には確かに血の繋がりがあるが、一方で俺は母にとって最も憎たらしい人物の子でもあった。父は俺が生まれてすぐの頃に家を出ている。よそで新たに家庭を持ったという話だが母との別れは拗《こじ》れに拗れたようで、俺が母の旧姓である青柳姓を名乗ったのは小学校に上がる直前のことだった。以来、母は自らの過去の汚点、負債、黒歴史たる俺をたった一人で育ててくれたのだ。文句一つ言わず――なんてことはなく日々ぶつくさ言ってはいたが、捨てないでいてくれただけ十分だろう。

一縷《いちる》の望みを繋ぐように、俺はアスファルトにしゃがみ込む二瑚を立たせた。

「それと……ほら、孫だよ。二瑚とも挨拶してやってほしい」

すると母は片眉を吊《つ》り上げ、ピンと伸びた姿勢のまま小さな二瑚を見下ろして言い放つ。

「二瑚ちゃん、初めまして」

「函館のおばあちゃんだよ」

俺が説明を添えると、二瑚は目をまん丸にして自分の祖母となる人を見た。しかしすぐに怯《おび》えた様子で俺の脚にしがみつき、顔を伏せるように押しつけてくる。そのまま見向きもしない。

母は呆《あき》れたように溜息《ためいき》をついた。

「まだ人見知りなの？　三歳でしょ？　あんたが甘やかしすぎなんじゃないの？」

「どうだろうね」

「子供なんて放っておいても育つんだから。あまり手を掛けすぎないようにね」

母は経験者らしく胸を張る。

その言葉が事実であることは他でもない俺が証明できるだろう。子供は親から放っておかれても、さして手を掛けられなくても、最低限のライフラインが整っていれば無事に育つことができる。俺は父に捨てられ、母からも愛想を尽かされてはいたが、親元を離れるまでこうして生きてこられた。

ただ俺は、二瑚には俺と同じような子供時代を送ってほしくない。自分が不幸だったとは思いたくないが、それでも母にしてもらった以上のことを二瑚にしてあげたいと思う。

結局、母はろくに会話もしないうちに自分の車で帰っていった。

それを見送った後で、蓮見さんは同情的な目を向けてくる。

「青柳も苦労してきたんだな」

「俺なんてマシな方ですよ」

とはいえ慣れっこの俺とは違い、二瑚はまだ三歳で、生まれてこの方出会う人から温かい眼差《まなざ》しと優しさばかり受け取ってきた子供だ。恐らく初めて遭遇したであろう自らへの厳しい視線に、すっかりへこんでしまったようだ。

「おばあちゃん、いやない……ちがうおばあちゃんがいい……」

その言葉にはさすがに胸が痛む。

二瑚の言う『違うおばあちゃん』とは、東京にいる灯里のお母さんのことだ。向こうに住んでいた頃、二瑚を可愛《かわい》がり、二瑚はお義母《かあ》さんにとてもよく懐いていたし、お義母さんもそれはそれは二瑚を可愛がり、お世話してくれた。俺も灯里を亡くした当初は二瑚をお義母さんに任せきりだったことがあり、心苦しくも、ありがたくも思っていた。

気分を切り替えようと、俺は二瑚の頭を撫《な》でる。

「二瑚、新しいおうちを見てみようか。いいところだよ」

「そうだ。二瑚ちゃんのお部屋もあるんだって」

蓮見さんが続いて声を掛けた。その言葉は二瑚にとって相当魅力的だったと見え、途端に面を上げて全開の笑顔になる。

「にこのおへや、みる!」

事前に説明を受けた通り、新居はリフォームが入っていてとてもきれいだった。まだ家具が搬入される前の部屋はカーテンもなく、ワックスかけたてのフローリングには窓の形の光が浮かんでいる。

二瑚の部屋は六畳の洋室だった。玄関から入ってダイニングキッチンを抜けた先にあり、東と南にそれぞれ窓がついている。まだ何もない子供部屋にも二瑚は大喜びで飛び込んだ。

「わあ、おへやだ！」

少し芝居がかった調子ではあったが、歓声が上がったことにはほっとする。将来的に二瑚はここで寝起きすることになるだろうし、ここに学習机を置き、勉強をするようにもなるはずだ。

蓮見さんは業者が家具を搬入し終えるまであれこれと手を貸してくれた。実は荷解きまで付き合うとも言ってくれたのだが、さすがに申し訳なかったし、二瑚も疲れていたようだったのでお気持ちだけ受け取ることにする。

「何かあったら気軽に呼んで。足が必要なこともあるだろ」

気安い口調で言い残し、午後四時前に蓮見さんは帰っていった。

きっと俺と二瑚のために、あえて明るく接してくれたのだろう。ここで新生活を始める親子が少しでも不安をなくせるように。生活が落ち着いたら、あの人には改めてお礼を言いたい。

二人きりになると、二瑚はますます張り切って自分の部屋を散らかし始めた。絵本やおもちゃ、衣服が詰まった段ボールを気まぐれに開けてはお片付けと称して床に広げている。

俺も段ボールを開けていきたかったが、その前に連絡を取りたい相手がいた。

『――ああ、和佐さん。無事に着いたのね』

灯里の母、俺にとっては義母《ぎぼ》となる人だ。スマートフォンの画面の中でおっとり微笑《ほほえ》んでいる。

温厚さがそのまま滲《にじ》み出たような顔つきは、活発だった灯里とあまり似ていない。

俺の母とは偶然にも同い年らしいが、母とも全く違うタイプだ。東京にいた頃は俺のことも実の息子のように気遣ってくれたし、二瑚にもとてもよくしてくれた。

「どうにか新居に落ち着きました」

俺は引っ越しを終えた報告をすると、二瑚を呼び寄せてスマホ越しに話させる。

「おばあちゃん、にこ、ひこうきのったよ！」

『あらそう。お空から海見えた？』

「みえた！　あおかった」

二瑚の宇宙飛行士みたいな感想を、お義母さんは嬉しそうに聞いてくれた。いくらか会話をした後、俺は二瑚を部屋に戻し、改めてお義母さんと向き合う。

『ごめんなさいね、和佐さん。あなたたちを放り出したみたいで……』

「そんなことないです。俺の方こそ、お義母さんに頼りきってましたから」

『もう少し若かったら、二瑚ちゃんの面倒も見続けられたのに』

　申し訳なさそうにするお義母さんは、かつてと比べると随分やつれてしまったように見えた。

　俺はここ半年ほどの、未《いま》だ現実味のない日々を思い起こす。二瑚を産んですぐの灯里は活力に満ち溢《あふ》れ、病魔が忍び寄る気配は窺えなかった。生まれたてほやほやの赤ちゃんを抱き締めては幸せそうにしていたし、産休明けに仕事へ復帰するのも楽しみにしていた。実際、職場に戻ってからもブランクを取り戻そうとするように奮闘していて、そのバイタリティを羨ましく思ったことさえある。

　だが二瑚が二歳になるかならないかの頃、灯里は乳がんの宣告を受けた。

　自覚症状がなかったようだがすでにステージⅣで若いから進行が速かった、という医師の言葉がどこか他人事《ひとごと》めいて聞こえたのを覚えている。出産と子育てと産休明けの忙しさに、検診を受け損ねていたことも仇《あだ》になった。

　あっという間に彼女は動けなくなり、病院から出られることなくこの世を去った。最期の方は意識ももうろうとするばかりで、別れの言葉も交わせなかった。まだ幼い二瑚は母親の死を理解できず、ただいつも傍《そば》にいてくれた温かい人がもう現れなくなったことを不安がって泣いていた。

俺はそんな二瑚を抱えて灯里の葬儀を行い、そして容赦なく戻ってくる日常に適応しなければならなかった。仕事と育児の両立はたった一人でこなせるものでもなく、孤軍奮闘する俺に手を差し伸べてくれたのがお義母さんだ。しばらくの間は二瑚の面倒を見てもらっていたし、保育園のお迎えや時には夕飯、入浴まで頼ってしまうことすらあった。罪悪感はありつつも厚意に甘えていた俺が悪かったのだと思う。

『こんなことを言い出してごめんなさいね。うちではもう、二瑚ちゃんを預かれないの』

言葉を選びながらお義母さんが切り出してきたのは、去年の暮れのことだ。

『嫌なわけじゃないの。でも、お父さんがもう参ってしまっていて……』

灯里の死が堪《こた》えていたのは俺だけではなかった。お義父《とう》さんは一人娘の灯里を本当に、心から可愛がっていた人で、だからこそ葬儀の後はすっかり塞ぎ込んでいた。二瑚を見ると幼かった灯里を思い出してしまうと、俺と二瑚が訪ねていっても自室から出てくることはなく、お義母さんが辛《つら》そうに声を掛けても返事すらしないほどだった。

最後にお義父さんと顔を合わせたのは、俺たちが函館への転居を決め、別れの挨拶に出向いた時だ。険しい表情のお義父さんが俺の前で、床に頭を擦《こす》りつけるように土下座をした。

『灯里は連れていかないでくれないか。ここに置いていってほしい』

それで俺は、灯里の遺骨を東京へ置いていくことに決めたのだ。

あの頃のやり取りを思い起こすとどうしても辛くなる。俺は穏やかな表情を作ってお義母さんに尋ねた。

「お義父さんのお加減はいかがですか」

『ええ、最近は少し元気になってきて。だからこちらのことは心配しないで』

画面の中でお義母さんが目元を和らげる。

「それはよかったです」

『しばらくは二瑚ちゃんとも会えなくて寂しいけど、時々はお写真を送ってちょうだいね』

その言葉に、しばらくどころかもう会うことはないかもしれないなと俺は思う。だが口には出さなかったし、写真を送る約束には頷いた。

「必ずお送りします。二瑚の成長を見てやってもらえると嬉しいです」

『楽しみにしてますね。和佐さんも身体には気をつけて』

「お義母さんも。それと、お義父さんにもよろしくお伝えください」

通話を終えると急に疲れが押し寄せてきた。だが一休みにはまだ早い。今日のうちに開けてしまいたい段ボールもあるし、日が落ちる前にカーテンもつけておきたかった。

俺は萎《しお》れた気持ちを奮《ふる》い立たせ、いくつかの段ボールを開ける。二瑚はお片付けに飽きたのか、カーテンをつけて回る俺の後をついてきて、食器を包んだ紙を外すのを手伝い、本棚に本を並べるのにも手を貸してくれた。きゃっきゃと声を上げながら楽しそうにお手伝いをする二瑚を見ていると、まだまだ頑張らなくてはという気持ちが湧き起こる。

二瑚は自由奔放にいくつもの段ボールを覗いて回った後、ふと声を上げた。

「パパ！　かばんがあるよ！」

俺の通勤用のバッグをしまっておいた箱だろうか。予想しつつ覗き込むと、二瑚が持ち上げようとしていたのは黒革のカメラバッグだった。

「ああ、これは……カメラだよ」

彼女を驚かせないように、俺はさりげなくその手からバッグを受け取る。ファスナーを開けると立派なデジタル一眼レフが現れた。ストラップには二瑚が赤ちゃんだったころの写真がぶら下がっている。百日祝いの時に、灯里が撮ったものだ。

目を瞬《しばた》かせる二瑚に向かって、俺はそのカメラを構えてみせる。レンズカバーはついたままだし、そもそもまだ電源が入るかどうかわからない。このカメラの持ち主がいなくなってしばらく経《た》つからだ。

灯里の死後、彼女の私物を直視するまでにしばらく時間が必要だった。服などは決死の覚悟で処分したが、彼女が大事にしていたカメラや写真はどうしても捨てられなかった。お義父さんはこれについても『要らないなら譲ってほしい』と言っていたが――遺骨の代わりに、俺が貰った。

今となってはこのカメラこそが、俺に遺された思い出そのものと言っていい。

「おしゃしんとるの？」

「今すぐは撮れないかもな。あとで二瑚のお写真、撮ってもいい？」

「いいよ！」

承諾した二瑚は、自分の名前の由来となったカメラを期待の眼差しで見つめている。

それなら手入れもしておかないと。俺も何度か使わせてもらったカメラをもう一度バッグにしまい、安全な場所へ避難させた時だ。

「ごほんもあったよ！」

同じ段ボールから、二瑚が今度は一冊のノートを取り出す。リング綴《と》じで青い表紙のノートには俺も見覚えがあった。慌ててそれを受け取り、一瞬ためらってからページをめくる。

これは灯里が作ったアルバムだ。彼女は写真を撮るのが好きで、その写真をまめにプリントしてはノートに貼りつけ、飾り文字や楽しい添え書きで賑《にぎ》やかにしていくのも好きだった。二瑚が生まれたら彼女専用のアルバムを作りたいと言っていて、俺はもちろん、同じくカメラ好きの義父もとても楽しみにしていたようだ。

震える指でページを開くと、『二瑚　一歳』と記されていた通り、彼女の成長に合わせて撮った写真をまとめたものだった。写真にはこの先の不幸をまだ知らない頃の俺もいて、息を呑む。

『二瑚のお気に入り離乳食・柔らか白菜の豆乳胡麻《ごま》スープごはん！』

そんなキャプションが添えられた写真には、灯里が作ったスープが美味しそうに写っている。ペーストの胡麻が溶けた乳白色のスープと、くたくたに煮込まれた白菜から立ちのぼる湯気まで見えた。重ねられた白菜の下にはご飯が入っていて、スープの濃厚な味わいと一緒に美味しく食べられる。俺はその優しい味を覚えていた。

他のページにも、作ってもらったスープごはんが写真と共に残っていた。ふわふわの溶き卵を添えたつみれあんかけやスパイスが効いたカレーリゾット、角切り野菜をたっぷり入れたチャウダーなど、灯里はいろんな種類のスープごはんを俺にも食べさせてくれた。全てが美味しく、幸せな思い出だ。

そういえばスープごはんを食べなくなってから大分経つ。自分で作ろうという気が起こらなかったのは、灯里のことを想えば悲しくなるから、という自制だったのだろう。カメラやアルバムはおろか、彼女の記憶そのものをしまい込んだまま、俺は東京を離れて函館へ帰ってきた。

「にこもみる」

アルバムに見入っていると、二瑚が手を伸ばしてきた。

断る口実が思い浮かばず、俺は片膝をついて彼女にページを広げてみせる。写真を目にした二瑚は評論家みたいな表情で唸《うな》った。

「ごはんのおしゃしんだね」

「そうだよ、美味しそうだね」

別のページを見せる。子供用の椅子に座り、スプーンを握り離乳食を口に運ぶ二瑚と、それをはらはら見守る俺が写っている。

「これ、にこじゃない？」

「二瑚とパパの写真だね。まだ赤ちゃんみたいな頃だ」

「あかちゃんかあ」

もっともらしく頷く二瑚に、俺は灯里の写真を見せてもいいものかと迷った。小さな二瑚は母親の顔を覚えていないだろう。そして死というものをまだ理解できない年頃だ。灯里の葬儀でも一人きょとんとしていた。そういう子に真実を教えていいものか、いつか告げるにしてもどのように教えていくべきなのか、俺は早いうちに答えを出さなくてはならない。

二瑚は頑《かたく》なにページをめくろうとしない俺をしばらく見上げていたが、ふと重大な疑問に行き当たったようだ。真剣な眼差しで尋ねてきた。

「パパ、きょうのばんごはんなに？」

「あ……ああ、そっか。そろそろ考えないとな」

カーテンをつけた窓の外ではオレンジの陽が沈みかけている。夕飯を作るならぼちぼち買い物に出るべき頃合いだろう。

幸い、ガスの開栓は済んでいるし米びつも炊飯器も見つけたところだ。あとは何を作るかだが――俺はまだ手元にあったアルバムに視線を落とす。

せっかく出てきてくれたのだ。まずは思い出の味を、二瑚と一緒に食べてみるところから始めよう。

「よし。懐かしのメニューに挑戦しようか」

宣言し、俺は立ち上がる。

最寄りのスーパーで食材を購入し、まだ段ボールが残る新居へ取って返した。

アルバムには灯里が遺してくれたスープごはんのレシピが記されている。俺でも思い出の味をどうにか再現することができそうだ。

まずは米を研いで炊飯器にセットし、スイッチを入れた。それから白菜を数枚洗って、食べやすい大きさにざくざく切る。この時、柔らかい葉の部分と白くて硬い芯の部分を分けておくと楽だ。他の具はなんでもいいそうだが、今回は彩りと二瑚の好みを考えてニンジンとウインナーに決めた。

下ごしらえが済んだらまず小鍋にごま油を引き、細切りにしたニンジンと一口大に切ったウインナー、それに白菜の芯を軽く炒《いた》める。ニンジンがしんなりしてきたら豆乳を静かに注ぎ、合わせ味噌《みそ》と練り胡麻を溶きながらゆっくりかき混ぜる。そして白菜の葉を加えたら、弱火でことこと加熱していく。豆乳は沸騰させると凝固するから、火加減を調整しながらじっくりと煮込むのがコツだ、とも書いてあった。

「結構、細かく書いてくれているんだな」

思わず呟《つぶや》いてしまうほど、灯里のレシピは丁寧だ。俺が作ることを想定していたわけではないと思うから、きっと二瑚がまた食べたがると考えてのことだろう。

スープごはんは灯里の得意料理だ。俺も子供の頃から自炊をする方だったが、家庭の味を知らず、料理を本とネットから習った俺の料理は灯里からすると『美味しいけどちょっとだけ、遊び心が足りない』らしい。品数が足りなくても、多少手を抜いていても、料理は温かくて美味しければいい。そう教えてくれたのは他でもない灯里のスープごはんだった。

そうこうしているうちに白菜も火が通り、くたくたに柔らかくなったところで味見をする。鶏がらスープの素で味を整えたら火を止める。

あとは炊けたご飯を深皿に盛ったら、その上から豆乳胡麻スープを静かに掛ける。具材の白菜とニンジン、ウインナーもバランスよく上に盛りつけたら出来上がりだ。

「二瑚、ごはんだよ」

キッチンから呼びかけると、リビングでテレビを観ていた二瑚が振り返る。引っ越し初日でどうにか生活の動線は整い、ストーブが点《つ》いた暖かい部屋で二瑚はお気に入り番組の録画を観ていた。

ダイニングテーブルに食事を並べ、子供用の椅子に二瑚を座らせる。俺は二瑚の斜め向かいに椅子を引いて座った。この位置の方が食事ぶりがよく見えるし、ひっくり返したり零《こぼ》したりといった事態にも素早く対処できる。灯里がいた頃はこの席も交替で座っていたものだが、今では俺専用になってしまった。

「いただきます」

「はい、いただきます」

二人で手を合わせ、スプーンを手に取る。二瑚のスプーンとフォークは彼女が握りやすいようにくびれた形をしていた。最近ではそれらの使い方も慣れたもので、上手にスープと米を掬《すく》ってみせる。

「まだ熱いからふうふうしてね」

少し冷ましてはおいたが、念のためそう声を掛けた。二瑚も言われた通りにふうふ

う と息を吹きかけ、それからぱくっと一口目を味わう。

「美味しいかな？」

つい先んじてそう尋ねてしまった。

二瑚は目を輝かせて頷き、しばらくもぐもぐ頬を動かした後、ちゃんと飲み込んでから答えてくれる。

「おいしい！」

「よかった……」

俺が安堵《あんど》している間にも二瑚は二口目、三口目と熱心に食べ始めた。野菜の中でも柔らかく癖のないものは黙って食べてくれていて、白菜などは彼女の得意分野だ。ニンジンは細く、あるいは小さく切ってあれば平気のようだった。そしてウインナーは特別お気に入りらしく、途中からはそれを求めてスープの発掘作業に入るほどだ。

二瑚が大丈夫そうなので、俺も食事を始めることにする。豆乳はじっくり温めた分深いコクがあり、胡麻ペーストのお蔭で一層薫《かお》り高い。味噌を加えたことで白米にもよく合い、スプーンが進む味わいになっているのもいい。灯里は米をあまり煮込まない派で、俺もそれに倣《なら》って作った。しっかりと粒感の残った米の食べ応えは確かに思い出通りだ。

何よりスープごはんはくたびれていた身体を芯から温め、労《いたわ》ってくれる。

灯里が初めてスープごはんを作ってくれた時、俺はその美味しさに驚かされた。スープに白米を入れるという発想がなかったのもあったし、誰かが俺に料理を作ってくれるという機会が滅多になかったからでもある。うちの母はあまり料理が好きではなかったし、俺のことも好きではない。

『疲れてる時こそ温かいものを食べるとほっとするでしょ？　だから私は、忙しい時はいつもこれ』

彼女はそれから、いろんなスープごはんを作っては俺に、そして二瑚にも食べさせてくれた。仕事で疲れていた時、初めての育児に戸惑っていた時、彼女が作ってくれたスープごはんに何度温められ、励まされたかわからない。一緒に食卓を囲み、他愛ない会話で笑い合う時間がどれほど幸せかを教えてくれた。名前の通り、温かい人だった。

今の俺は灯里を失い、シングルファザーとして二瑚を育てていかねばならない。だが俺は一人ぼっちではなく、灯里が遺してくれたものがある。

身体の奥底に、まるで火が灯《とも》ったようなぬくもりを感じた。すると張り詰めていた心もほどけていくのがわかる。ふう、と俺は深く息をついた。

「パパ、おかわり！」

気がつくと二瑚の皿は空っぽになっている。俺はその皿をもう一度美味しいスープごはんで満たしてあげると、改めて娘の食べっぷりを見守ることにした。

「二瑚はいっぱい食べて偉いな」

口いっぱいに頬張る二瑚を誉《ほ》めると、彼女は飲み込んでから微笑んだ。

「にこ、えらい？」

「偉いよ。お野菜もちゃんと食べてるし、二瑚が美味しいって食べてくれるとパパも嬉しいな」

するど二瑚は一層満足げにして、更に張り切ってスープを口に運ぶ。

その顔を眺めながら、俺はぼんやり考えた。豆乳胡麻スープは彼女の好みに合ったようだが、果たして昔食べたことを覚えているのだろうか。俺ではなく、灯里が作ってくれたスープごはんのことを。

「このスープ、二瑚が小さかった頃にもよく食べたんだよ」

俺がそう言うと、二瑚はふうん、となんとも言えない声を漏らした。

「覚えてるかな。ママが作ったんだ」

「ママ？」

二瑚がその単語を口にしたのは久し振りだ。

それはかつて、彼女が真っ先に覚えた言葉でもあった。何か思い当たるようなふしがあるようでもあり、しかし昔のように母を求めて泣きじゃくった記憶はなくなっているようだ。しばらく黙った後、俺の顔を見て聞き返す。

「パパ？」

「いや、パパじゃなくて……まあ、いいけど」

思い出せないのなら、無理に掘り起こすことまではしたくない。俺が笑ってごまかそうとすると、二瑚も笑顔で言った。

「にこ、これはたべたことあるかも」

俺に合わせてくれたのか、本当なのかはわからない。この半年ほどで二瑚は大人の顔色を窺うことを覚えてしまった。そんなに急いで覚えることじゃないのに——だがそれは俺のせいでもある。

「また作るよ。こっちはずっと寒いからな」

彼女が子供らしくゆっくり育っていけるように、そして寒さに震えることがないように、灯里のスープごはんを引き継ぎ、作っていきたい。

そして俺も、ここで二瑚を守っていくためにスープごはんの力を貰おう。

「パパもいっぱいたべてえらいね」

二瑚に誉められながら、俺はスープごはんを味わった。豆乳胡麻スープは目まぐるしい一日の締めくくりにぴったりの、とても優しい味がする。

夕飯の後、俺は二瑚を連れて少しだけ家の周りを歩くことにした。

函館の夜は冷え込んでいて、吐く息がそのまま凍りそうなほどだ。スープごはんで温まっていなければ散歩なんてする気も起こらなかった。フリースのポンチョに耳当て、手袋と完全防備の二瑚は、俺に手を引かれて機嫌よく歩いている。

「パパ、どこまでいくの？」

「電車を見に行くんだよ。ほら、線路がある」

新居のアパートから歩いて数分のところに広い道路があり、路面電車の軌道が通っている。ちょうど湯の川行きの電車が走ってきたところで、近くの電停で停まり、またすぐに走り去っていくのを歩道から眺めた。

「ちいちゃなでんしゃ」

二瑚が素直な感想を漏らす。

まあ、函館市電は二瑚がこれまで乗ってきた小田急線《おだきゅうせん》、山手線《やまのてせん》といった電車と比べれば小さなものだろう。しかしこれからはこの函館市電が俺たちの足の一つになるのだ。

電停の周囲が静かになった後、俺は二瑚と信号を渡り、電停までやってきた。車道の中央を通る軌道の両側、わずかな段差のようなホームには二瑚よりも低い柵が立っている。軌道は谷地頭方面、そして宝来町方面のどちらも下り坂になっていた。

ここは『ロマンス坂』と呼ばれる一キロほどの坂道の、ちょうど一番高い辺りになる。函館は坂道の多い街だがここらは絶好のフォトスポットでもあるそうで、時間さえ合えば坂道を登ってくる路面電車が見られた。せっかくだから二瑚にも見せてあげよう、ついでに灯里のカメラで写真を撮ろう――そう思っていたのだが、二瑚の目は静かな軌道よりも停留所看板の方に向いていた。

「ねえパパ、『あおやぎ』ってかいてない？」

二瑚はまだ漢字が読めない。だが自分の家に届く郵便物などから、自分の名前がどんな形をしているのかは漠然とわかっているようだった。

「そうだよ」

彼女の言う通り、ここは青柳町電停《あおやぎちょう》だ。俺が答えるとびっくりしたように振り返り、声を上げる。

「にこのおなまえ、かいてあるの⁉」

「いや、ここが青柳町っていうんだよ。たまたま同じ名前なんだ」

「へええ……」

わかったのかどうか、二瑚は感心したそぶりで尚も看板を見つめていた。

それからおかしそうに呟く。

「なんだか、にこのまちみたいだねえ」

俺はその言葉に思わず微笑んだ。新居を青柳町に選んだのはただの偶然だったし、昔から自分と同じ名前の町名にもさほど感慨はなかった。函館には他にも柏木町《かしわぎちょう》や大森町《おおもりちょう》など、苗字《みょうじ》みたいな地名はたくさんある。そのうちの一つがたまたま俺と同じだった、くらいにしか思っていなかった。

だが今日から、ここは二瑚と俺が暮らす街になる。本人の言ったように『にこのまち』になる。今更のように実感が込み上げてきて、俺は娘に優しく告げた。

「そうだね。二瑚とパパが住むのにぴったりの場所だ」

これから二瑚にはこの函館で、たくさんいい思い出を作ってほしい。もちろん人生は平坦ではないだろうし、俺に似るなら人間関係で悩むことも、時に他人から厳しい評価をされることだってあるかもしれない。でもたった三歳のうちから辛く悲しい目に遭った二瑚には、この先できる限り幸せに育ってほしかった。

灯里の遺したものを守りたい。俺の願いはそれだけだ。

充電を済ませた一眼レフは動作も確認済みだった。俺は電停の看板前に二瑚を立たせ、カメラを構える。電車が来ないうちにまず一枚撮っておきたかった。

「二瑚、撮るよ」

「うん」

二瑚は手袋をした小さな手で懸命にピースサインを作る。少し澄ました顔をしていたから、笑ってとお願いしたら、すぐににっこりしてくれる。中指が上がりきらない不器用な手の動きも、こちらに向かってはにかむ顔も、その背後に立つ青柳町の電停も、全てをカメラに収めておいた。

② ふんわり卵のつみれあんかけ

平日の朝はいつも時間に追われている。

特に週二回、お弁当を持っていく日は大わらわだ。こども園には週二回、いつもの給食か家から持っていくお弁当かを選べる日があるが、二瑚は『パパのおべんとうがいい』と強く要望したからだ。起床したらすぐキッチンへ向かい、二瑚のためのお弁当を作る。喜んで食べてもらいたいから、入れるのは彼女の好きなものばかりだ。今日はイチゴのジャムサンドロールにチーズオムレツ、かにさんウインナーに枝豆というラインナップにした。

お弁当ができたら次は朝ご飯を用意する。二瑚のここ最近のマイブームは一口おにぎりで、ウズラの卵くらいのサイズに握ったご飯を海苔《のり》で巻いたり、おかかを掛けたりして食べるのが好きだった。

おにぎりをお皿に並べたところで二瑚を起こしに行く。今はまだ寝室に布団を二枚敷き並べて寝ているが、二瑚はいつも自由奔放な寝方をしていた。就寝時は俺と横並びで枕もちゃんと使っているのに、朝になると上下さかさまだったり、布団の外まで転がっていたりと我が娘ながらすごい寝相だ。

「二瑚、おはよう。朝だよ」

声を掛けただけではまず起きない。軽く揺すると目を開けようとするが、放っておくとまたうとうと微睡《まどろ》み始める。何度か揺するとようやく身体を起こし、おざなりなお辞儀《じぎ》をした。

「おはよ……」

ようやく目覚めた二瑚におにぎりを食べさせながら、寝ぐせがついた髪を梳《す》いて結んでやる。女の子のヘアアレンジなんて子供ができるまで経験もなかったが、こども園からは『なるべく結んでください』と指定されているのでどうにか二つ結びに仕上げた。

そこまでやって、さあ俺もごはんにするかというところで、

「パパ、『ぴもこん』ちょうだい！」

二瑚がテレビを点けたいと要求を始める。

「駄目だよ、『ぴもこん』はごはんを食べてから。いつも言っているだろ」

「はあい……」

俺が窘《たしな》めると一応は頷いてくれるので、本人も理解はしているのだろう。しかしテレビの魅力には抗《あらが》いがたいものもあるようで、朝食を終えるとすっ飛んでいくほどだ。それを慌てて引き留め、顔を拭いてやり、歯磨きも手伝い、こども園の制服を着せた

ところでようやくテレビを点けてあげられる。

ちなみに『ぴもこん』とはテレビのリモコンのことだ。舌足らずな子供の言葉を真似しては駄目、と育児書には書いてあったし、俺も二瑚の前ではなるべく正しい言葉遣いを心掛けるようにしているのだが、これだけはどうしても可愛くて真似てしまう。テレビをぴっと点けるから『ぴもこん』とは全く理に適《かな》った呼び名だ。

ともあれ育児をテレビに一旦任せ、俺は朝食をかき込み、食器を洗い、自分の出社の支度を始めた。洗面所の鏡の前で髭《ひげ》を剃《そ》り、髪をセットしていると、時々二瑚が俺を呼びに来たりする。

「パパ、髪ほどけちゃった」

二瑚がほどけちゃったという時は大抵、自らほどいてしまったという場合が多い。しかしほどけてしまったものは仕方がないので、テレビの前に座らせ、髪をもう一度結んでやる。二瑚の髪は細くさらさらしていて、ともするとヘアゴムに巻き込んでしまいそうになるから難しかった。

それでもどうにか結び直し、俺も仕度を済ませ、お弁当に蓋《ふた》をして二瑚のカバンに詰める。そして二瑚に春物のコートを着せた辺りで、今度は彼女がぐずりだした。

「にこ、こどもえんいや……おうちにいたい」

このところ毎朝こんな調子だ。函館に移り住んで一ヶ月、五月の連休を終えると二瑚の行き渋りが始まった。四月のうちは不満も唱えず黙って通ってくれていたのだが、新生活が日常になるにつれストレスも溜《た》まってきたのだろう。

俺は黙って、二瑚の頭をそっと撫でた。唇を突き出し俯《うつむ》く二瑚の気持ちもわからなくはない。親の都合で知らない土地に連れてこられ、流されるままに日々を過ごしてきたはずだ。まだ小さいから自分の気持ちを口にできないだけで、本当はもっと言いたいことを抱えているに違いなかった。

だが困ったことに、二瑚の希望を叶えてやると俺が仕事に行けなくなる。子供らしくわがままを言わせてやりたい気持ちはあれど、やはりこども園には連れていかなければならない。

「行けばきっと楽しいよ。さ、行こう」

俺が促すと、二瑚は諦めたように靴を履き始める。二歳くらいの頃はいわゆるイヤイヤ期で、俺が持て余すほど泣き暴れたものだが、最近の二瑚は大きな泣き声を上げたりはしない。ただ、さめざめと涙を流し、静かに鼻を啜《すす》ってみせる。そういう大人びたそぶりの方が親としては堪えるのだった。

めっきりおとなしくなった二瑚を自転車の後ろに乗せ、俺はこども園までの道を漕《こ》ぎ出す。午前七時を過ぎた現在、頭上にはうっすら青が覗く曇り空が広がっていた。五月の函館は桜も散り、ようやく暖かくなってきた時期だ。もっとも風は相変わらず強く、自転車に乗るなら上着が必要だった。

　二瑚が通うこども園までは自転車で十五分ほどだ。もう動き出している市電と並ぶようにして走り、勾配のきつい坂道をいくつか走り抜けた。そうして辿《たど》り着いた園の前で自転車を停め、すんすん言っている二瑚を抱えるようにして駆け込めば、担任の板倉咲子《いたくらさきこ》先生が頼もしげな笑顔で迎えてくれた。

「二瑚ちゃん、お父さん、おはようございます！」

「おはようございます。ほら、二瑚」

　小さな背中を軽く押してやったが、二瑚はなかなか俺から離れていかない。

　もっとも先生の方も慣れたものだ。この道二十年と語っていた板倉先生は、その歴戦ぶりが窺える笑顔で近づくと、二瑚の前に歩み寄って手を差し出す。

「今日は何して遊ぼうか？　お絵描き？　それともおままごとにする？」

　そう尋ねられた二瑚は、律儀に答えを考えようとした。そしておずおずと出しかけた手を、すかさず先生が握る。華奢《きゃしゃ》な女性の手だったが、掴《つか》んだものは離さないという確固たる意志が窺えた。

「じゃ、お父さんに『行ってらっしゃい』しようか」

　二瑚は言葉にはしなかったが、俺に向かって力なく手を振る。潤んだ目と涙の乾いていない頬を見て心が動かされなかったわけではない。それでも俺は全てを先生に託し、二瑚に手を振り返すと急いで園を出た。

板倉先生曰《いわ》く、こうして毎朝泣きながら登園している二瑚も俺を見送った後はすんなり泣き止《や》み、十分もしないうちにお友達と楽しく遊んでいるらしい。だから泣いていても構わず預けていってくださいとのことだ。そういう切り替えの早さはさすが子供だなと思うし、きっと先生の腕のよさもあるのだろう。

となれば俺の方も切り替えて仕事へ向かわなければならない。自転車に乗り直し、春風の中を再び漕ぎ出す。それでも後ろの座席が軽くなって、ほんのちょっと寂しく思えた。


俺の現在の職場は十字街《じゅうじがい》にある。

函館山と函館駅のちょうど中間、歴史情緒漂う函館市内でもことさら古い街並みが続く辺りだ。十字街は正式な地名ではないが、停留所にも採用されているように市民にとっては馴染《なじ》みがある名前だった。かつてはここが函館の最も栄えた地域だったという。十字街停留所には日本最古の操車塔があり、ベイエリアの金森《かねもり》赤レンガ倉庫や函館山のロープウェイ乗り場なども近いので、平日でもそれなりに観光客や修学旅行生がいる。自転車通勤の俺も、何度か呼び止められて道を尋ねられることがあった。

蓮見さんの会社は株式会社ストライクデザインといい、社員は俺を含めて五人だ。

オフィスはかつて十字街で理髪店を営んでいたという店舗兼住宅で、元々は蓮見さんのおじいさんのものだったらしい。店を閉め、老後を穏やかに過ごしたいというおじいさんが別の土地へ移り住むことになり、ちょうど事業用の物件を探していた蓮見さんが譲り受けたのだそうだ。古い木造二階建てにはほんのりと理髪店の面影があり、通りに面した一階には大きな四角い窓があるし、二階の外壁にはサインポールを取りつけていたと思《おぼ》しき金具が残っている。物置には古いバーバー椅子もあるそうで、いつか処分しなければと考えつつも踏み切れていない、と蓮見さんが言っていた。

「なんかもったいなく感じてさ。俺もそこで髪切ってもらったことあるし」

「私も。だからどうしても捨てられなくてね」

そう目を細めたのは及川佳奈《おいかわかな》さんで、蓮見さんの母方の従姉《いとこ》に当たる。元々函館で事業をやっており、蓮見さんの会社設立も当初から支えているそうで、いつもきょうだいのように息の合ったところを見せてくれる。ショートボブの似合う頼れる雰囲気の人で、きりっとした顔立ちは蓮見さんとよく似ていた。

「そうだ、二瑚ちゃんなら面白がって座ってくれたりしないかな？」

「二瑚はまだヘアサロンデビューしてないんで……」

俺がやんわり断ると、及川さんはこちらの返答を予想していたように笑った。

「残念。じゃ、そのうち粗大ゴミに出そうかな」

「そう言って、もう二年は置きっぱですよね」

鋭い突っ込みを入れたのは、同じく社員の月舘和《つきだてかず》さんだ。

月舘さんは函館出身の女性デザイナーで、ストライクデザインに来る前はフリーランスとして働いていたという。蓮見さんとは仕事を通じて知り合い、会社を興す際にスカウトした一人だと聞いていた。俺と同じ二十九歳だそうで、黒いミディアムヘアの内側だけを青く染め、ジャケットの下はいつも派手なTシャツを着ている。

「仕方ないだろ、仕事が忙しくてどうしても後回しになるんだよ」

蓮見さんが気まずげにぼやくと、月舘さんは納得したように頷く。

「私も捨てられない人間なんでわかります。やると決めたら即やる、そういう気持ちがないと一生断捨離《だんしゃり》できないって言いますよ」

「整理整頓も精神論なんですね、結局……」

嘆くように言ったのは社内最年少の清野祐三《きよのゆうぞう》さんだ。二十六才だという清野さんはマッシュヘアの小柄な男性で、家ではパグ犬を飼っているそうだ。愛犬の名前は『ラムネ』くんで、清野さんのデスクにはそんなラムネくんの愛らしい写真が何枚も飾ってある。

「うちは犬がいるから、自然と片づくところもありますよ。変なもの置いておくと誤飲が怖いですし」

「自然と片づくとか、言ってみたいよね……」

及川さんが少し羨ましそうにしている。

「俺も一生無理だ。それにあの椅子、なんだかんだ思い出いっぱいだしなあ」

あっさり白旗を掲げる蓮見さんは、困った様子もなくむしろ楽しげにしている。前の会社にいた頃は他の社員と盛り上がる姿なんて見たことがなかった。

ただ、彼が忙しいというのは言い訳ではなく事実だ。現に今日も正午前には『打ち合わせがある』と言ってオフィスを飛び出していった。

「今って実質、社長が営業こなしてるようなものですよね」

蓮見さんが戻らずに迎えた昼休憩にて、月舘さんがそう話しかけてきた。

休憩室はオフィス奥にあるダイニングキッチンだ。前の住人――つまり蓮見さんや及川さんのおじいさんたちが使っていた冷蔵庫やキッチンコンロがそのままあり、更に食器棚の中には食器まで一通り揃《そろ》っていて、よその家で食事をご馳走《ちそう》になっている気分が味わえる場所だ。

「私もちょっとは仕事引っ張ってきてますけど、まだまだ一見さんやお試しの依頼が多いですし」

そんな場所で、月舘さんは難しい顔で溜息をついている。

「大口の固定客摑んでるのは社長ばかりで、苦労掛けてるなとは思ってるんです」

「確かに、毎日駆けずり回ってますからね。大変ですよ」

お弁当を食べながら俺は相槌《あいづち》を打った。ちなみに本日のお弁当は、二瑚のロールサンドを作った際に残ったパンの耳グラタンだ。作り置きのミートソースをかけ、チーズを載せて焼いただけの一品だが、サンドイッチで生じるパンの耳の大量消費にはぴったりだった。

「俺も将来的には営業もやってくれと言われてるんです」

そう続けると、月舘さんはやっぱりという顔をする。

「社長もそういう人材雇ってるんでしょうね。なんでもできる的な」

ところがあいにく、俺はそこまでマルチな人材ではない。

前の会社はそれなりに規模が大きく、俺たちデザイナーも自分の仕事であるグラフィックデザインだけしていればよかった。その仕事というのも営業担当がよその企業から依頼を取ってきてくれるから、要は黙っていても降ってきてくれるものだったわけだ。

しかし、ここでは違う。ストライクデザインはまだ知名度もなく若い会社だから、黙っていても降ってくる仕事はないし、営業だけを担当する社員もいない。だから転職するにあたり、蓮見さんにはデザイナーだけでなく営業もやってほしいと頼まれていた。正直全く経験はないが、雇ってもらった以上はやらなければならないだろう。

「そういえば青柳さんも函館出身だもんね？」

そこで、及川さんがお手製のおにぎりをかじりながら尋ねてくる。

「なら地の利はあるし、人脈もあるならきっと難しくないでしょ」

「そ、そうですね……」

俺は曖昧《あいまい》に応じるしかなかった。確かに地の利はあるが人脈の方はまるでない。函館にいた頃も俺には友達がいなかったし、親族も一人だけ、しかも頼れるわけではない相手だ。伝手《つて》らしい伝手と言えばそれこそ蓮見さんくらいのものだった。だから営業を掛けるなら一から顧客を開拓するしかない――北海道で開拓なんてそれこそ『らしい』話だが。

それにしても、東京にいた頃は俺も蓮見さんも人付き合いが苦手で、友達もいない同士という共通点があった。しかしこっちに戻ってきてからの蓮見さんは見違えるように明るくなったように思う。前の会社にいた時のような、人を寄せつけない暗さがまるでない。

「私ももうちょっと社交的になろうかなあ。社長、土日も営業先探して出歩いたり、地元のイベントにも参加してるらしいんですよ。そういうバイタリティは見習わないとですよね」

月舘さんが長い髪を耳にかけると、ずらりと並んだピアスが覗いた。彼女は左右の耳にちょっとびっくりするような数のピアスをしている。こういうファッションの人とは東京にいた頃も接したことがなく、最初のうちは緊張していたものだ。及川さんがいつもシンプルなアースカラーの服を着ているのとは対照的で、二人が並んでいると同じ会社の人には見えない。

ストライクデザインは業務内容も幅広く、ウェブデザインや宣材写真の撮影はもちろん、地元野菜や海鮮珍味のパッケージデザイン、自治体の意見広告、更にはドローンによる空撮まで手掛けていた。このために蓮見さんはドローン免許を取得したそうで、絶景が多い北海道ではなかなか需要もあるようだ。

「私も蓮見さんを見習って免許取ろうと思ってるんですよ。青柳さんもどうですか？」

そう話す月舘さんは、デザイナー業以外にも動画のディレクションなどを担当している。フリーの頃から動画制作や撮影に興味があったそうで、蓮見さんの下で手伝ううち、いつの間にか手広くできるようになっていたと軽い調子で話してくれた。

他にも及川さんは経理も兼任しているし、清野さんはデザインの他にアプリ制作なども手掛けているそうだ。こんな職場では俺もデザイン専任というわけにはいかないだろう。

「俺もできるようになった方がいいんでしょうけど、今は時間が取れるか……」

どうせならスキルアップしたい、デザイン以外にもいろいろできるようになりたいという気持ちはもちろんある。だが今の俺には子育てという枷《かせ》もあった——大切な二瑚のことを間違っても枷などとは思いたくないのだが、一人で幼子を育てている状況に大きな制約が生じているのは事実だ。

東京を離れることを考え始めた頃、函館に仕事はないかと探す俺に蓮見さんは『うちは人手が足りないから』と声を掛けてくれた。その言葉は半分事実、半分は蓮見さんの配慮だったことを勤め始めてから知った。もしも二瑚が発熱などで園を休まなくてはならなくなった場合は在宅勤務にしてもいい、とまで言ってくれていて、そうなると俺としても何かしらの貢献をしなくてはと思ってしまう。

「お子さんいると大変だよね。帰ってからもやること山積みだろうし」

及川さんが気の毒そうに言ってくれる。

「そうなんですよ。今はまだ手の掛かる時期で、一人でできないことも多いんです」

二瑚が悪いわけではない。三歳児なんてそんなものだと思いつつ、例えば朝は自分で起きてくれたらとか、顔を自分で洗えるようになったら、ごはんは言われなくてもお野菜でもなんでも食べられるようになったら、などと考えてしまうことはよくあった。

だが、いつかは確実にそうなる。二瑚が俺に甘え、俺の手を借りたがるのも今のうちだけと思うと、それはそれで寂しい気持ちもなくはない。親がいないとどうしようもないこの時期を、純粋に楽しめたらいいのだろうとは思う。

「わかるなあ、私も幼稚園時代はそうでしたから」

月舘さんはうんうんと頷くと、俺に向かって親指を立てた。

「落ち着くまでは独身の我々に頼ってください。何かあったら仕事投げてくれて大丈夫ですから！」

人脈も何もない俺だが、少なくとも新しい職場には恵まれたようだ。

定時の午後五時過ぎに退勤すると、俺は真っ先に二瑚のお迎えに向かった。

坂道の多いこども園までの道を自転車で走る。夕暮れ時の街中には他にも退勤したと思しき会社員や、子供用座席を載せた自転車が多数行き交っていて、心なしか誰もが急ぎ足だ。きっとみんなに帰る場所があるのだろうと、俺も少し温かい気持ちになる。

こども園の預かり保育は午後六時までで、それ以降は延長保育で別料金という扱いだ。それでも万が一仕事が長引いた場合、預かっていてもらえる場所があるというのは大きい。そのうち俺の仕事の比重も大きくなっていくだろうし、定時で帰れない日もきっとあるだろう。二瑚が今のこども園に上手く馴染んでくれたら助かるのだが。

俺が辿り着いた時、園庭には滑り台やジャングルジムだけがぽつんとあるだけで人の姿はなかった。数人の園児たちは先生と共に園舎の中に入っており、めいめいがブロック遊びをしたり、追いかけっこをしたり、絵本を読んだりしている。二瑚はといえば唇を結んで一心不乱に積み木を積んでおり、何か高い建物を建築している様相だ。

「二瑚ちゃん、お父さんお迎えだよ」

板倉先生が俺に気づいて声を掛けると、二瑚の顔がぱっと輝く。積み木を置いたかと思うと脇目も振らずに駆けてきた。

「パパー！」

毎日のことではあるのだが、さっきまで夢中で遊んでいたおもちゃすら放り出して飛びついてくる娘を見ると、幸福感と責任感が込み上げてくる。俺の人生でこんなにも必要とされたことがかつてあっただろうか。子供が親に示す愛情の深さはあまりにも純粋で、胸が締め付けられる。

「二瑚、今日は楽しく遊べたかな？」

「うん！」

俺が尋ねると二瑚は満面の笑みで答え、板倉先生が説明を添える。

「今日は新しいお歌を覚えたんですよ。二瑚ちゃんは歌うのがとっても好きみたいで」

「へえ、そうなんですか」

二瑚は家で一人遊びをする時も、たまに小さな声で歌っていることがあった。もちゃもちゃと曖昧な歌詞とメロディを披露する姿はとても可愛いのだが、恥ずかしがり屋でもあるから誉め方には注意が必要だ。機嫌を損ねようものならぷいっと横を向き、しばらく俺の前では歌ってくれなくなる。

「家に帰ったら聴かせてほしいな」

「うーん」

俺の催促にも小首を傾《かし》げてこの返事だった。気難しいアーティストである。

板倉先生に挨拶をすると、俺は二瑚を連れて家路に就いた。自転車の後ろに座る二瑚は、朝とはうって変わって上機嫌だ。懸命にペダルを漕ぐ俺の背中へ話しかけてくる。

「にこね、きょうぬりえであそんだよ」

「塗り絵か。どんな絵の塗り絵だったの？」

「ケーキやさんのえ。にこ、クレヨン『どうぞ』できた」

「お友達に？　それは偉いな、お姉さんになったね」

お喋《しゃべ》りが上手になってきた二瑚の話を聞くのは楽しい。我が子と会話で意思疎通ができるなんて、生まれたての頃は想像もできなかった素晴らしさだ。一方できつい坂道だらけの青柳町を、娘の話に相槌を打ちながら駆け抜けるのはなかなかの苦行だった。山の麓《ふもと》に住宅街が広がっているので、とにかくアップダウンがすごいのだ。

それでもなんとか家に戻り、ここからはまた朝と同じくらい慌ただしい時間が始まる。まずは夕飯の支度を始めなくてはならない。

「パパ、せんめんじょのいすとって」

二瑚はまだ洗面台の蛇口に手が届かない。だから彼女のために椅子を運んでやり、ハンドソープを泡立てて手を洗うのを見届ける。そして彼女をリビングのテレビの前へ連れて行った後でようやく俺もキッチンに立てる。炊飯器のタイマー予約は朝のうちに済ませておいたので、味噌汁とおかずを作れば夕飯は完成と言えた。テレビ番組の録画に子守を任せ、大急ぎで食卓をととのえる。

「いただきまーす」

今日は笑顔で夕飯を食べ始める二瑚に、俺は内心胸を撫で下ろした。こども園でいっぱい遊んでくるのか、たまにテレビを観ながら寝落ちしていることがあるからだ。そうなると夕飯はスキップして布団に連れていくしかなくなるが、夜中の一時二時に目を覚まして『おなかすいた』などと言い出す。

二瑚の食事を見守りながら俺も夕飯を片づけ、食器を洗ったら次はお風呂に入れなくてはならない。そして湯上がりの二瑚にパジャマを着せ、髪を乾かし、明日の登園の準備を済ませた頃には午後九時を回っているのが常だ。

「二瑚、そろそろ寝る時間だよ。お片付けしよう」

俺の声掛けに、おもちゃ箱からおもちゃを取り出していた二瑚が不満げな顔をした。

「まだ、おねむじゃないよ」

「絵本を読んであげるから。ほら、選んでお布団に持っておいで」

それで二瑚は彼女なりに、一人遊びと絵本の読み聞かせを天秤《てんびん》にかけたらしい。やがて厳かに頷き、お片付けを始めた。

それから二瑚は寝室に、四冊もの絵本を抱えて現れた。

「こんなにたくさん読めるかな……」

俺がさりげなく懸念を示すと、二瑚は心外そうに異を唱える。

「だって、えらびきれなかったんだもん！」

「わかった。じゃあ、順番に読んでいこう」

寝る前に機嫌を損ねて興奮させるのはよくない。もしかしたら読んでいるうちに眠たくなってくれるかもしれない。そう期待しながら二瑚を布団に寝かせ、俺は横に寝そべって絵本を朗読し始める。

結果的に、四冊みっちり読まされた上にアンコールも二回あった。

二瑚が寝息を立て始め、俺がそっと寝室を這《は》い出たのは午後十時過ぎだ。正直俺も眠気があったが、やっておきたいことはたくさんある。蓮見さんから借りたドローン免許のテキストや営業マンの心得を綴《つづ》った啓発本など、読みたい本がカバンの中に入っていた。それから最近撮った二瑚の写真データを整理しておきたかったし、実はまだ開けていない段ボールもいくつかある。

だが一人になった夜更け、俺が真っ先に手に取ってしまうのは灯里の作ったアルバムだった。

既に全ページ目を通していたから何か新しい発見があるわけでもない。それでも灯里が生きていた証《あかし》のように思えて、気がつくと開いては眺めていた。カメラが好きだった彼女が撮った写真はどれも写りがよく、俺が撮ったものみたいにぶれたり、ピントがずれたりはしていない。そして灯里がカメラを向けた時、二瑚も、そして俺まで明るく笑っていた。自分がこんな笑顔になれるのも、彼女が撮った写真の中だけだ。

「もっと写真を撮っておけばよかったな……」

俺や二瑚だけではなく、灯里の写真も撮っておくべきだった。アルバムの中にも数枚残ってはいたが、結婚前の古い写真ばかりだ。

『和佐も練習しようよ、私が教えてあげるから』

灯里もそう言ってくれていたのに、実際はそんな暇もなかったのが悔やまれる。二瑚が生まれてからは嵐のように毎日が過ぎていき、その最中で俺は灯里を失った。

アルバムを閉じ、俺はスマホの写真共有アプリを立ち上げる。これは二瑚が生まれてすぐ灯里に言われてインストールしたもので、今は俺と東京のお義父さんお義母さん、そしてうちの母さんとでグループを作っていた。函館に引っ越してから撮った写真もここに送り、みんなに見てもらえるようにしていた——のだが、既読がついているのは二件だけだ。お義母さんはすぐに見て『可愛いねえ』とコメントをくれたし、うちの母さんはたまに気まぐれで見てくれることがある。だから未読のままなのはお義父さんに違いない。

灯里を亡くしたお義父さんの悲しみは察するに余りある。一人娘をとても大切にしていて、俺が初めて挨拶に伺った時はずっと不機嫌そうだった。東京の下町で小さな工場を営むお義父さんは、灯里が北海道出身の俺と結婚したがっているのがとても不安だったそうだ。いつか東京を離れて遠くに行ってしまうのではないかと思っていたらしく、俺が地元に戻る気はないこと、そして灯里を必ず幸せにすることを約束して、ようやくお許しが出た。

果たしてその約束は守れたのだろうか。時々、そんなことを考える。

「パパ……」

不意にか細い声がした。

顔を上げると、寝ぼけ眼《まなこ》を擦る二瑚がリビングを覗き込んでいる。俺は慌てて笑顔を作った。

「ああ、目が覚めちゃったかな」

「ゆめをみちゃったの」

　不満げな口調からしてあまりいい夢ではなかったのかもしれない。それならと俺はアルバムをしまい、腰を上げた。

「よし、パパも一緒に寝るよ。布団へ戻ろう」

　そして二瑚の手を引き、寝室へ連れていく。二瑚は布団に寝直してものの五分で寝ついたが、結局俺もつられて眠ってしまった。


　六月に入ると、二瑚の登園渋りはやや収まってきた。

　新生活に慣れるには時間が掛かると思っていたから、子供の適応力には驚かされる。土日の休みを挟むと『行きたくない』と言い出すことはあったものの、出かける時間になると自発的に玄関へ向かい、靴まで履くようになった。自転車に乗る時も泣いたりぐずったりはせず、こども園では別れ際に手を振ってくれる。

「いってらっしゃい！」

　板倉先生と手を繋いで笑う二瑚を見て、俺もほっとして会社へ向かった。

　仕事の方もようやく軌道に乗り出したところで、今はいくつかの案件を担当している。ちょうど今日は函館市内の酒蔵と電話での打ち合わせがあった。地元産の米を使った日本酒のラベルをデザインすることになっており、その初校を送ったところだ。

打ち合わせでは初校へのレスポンスをいただき、更にすり合わせを進めていく予定だった。

「そういえば貰った日本酒、美味しかったよ。ちょっと時期が早いけど、ロックで飲むのがぴったりだった」

一緒にラベルデザインを確認していたら、蓮見さんが思い出したように言った。

「お口に合ってよかったです」

俺がそう答えたのを聞きつけ、月舘さんが羨ましそうにする。

「青柳さん、蓮見さんに奢《おご》ったんですか？　いいなあ」

「制作の参考にしたくて一本買ったんです。でも俺は飲まないからプレゼントしました」

飲めないわけではないのだが、子供ができてからはほぼ飲まなくなった。灯里はまあまあ飲む人だったが二瑚がお腹《なか》にいるとわかってからは断酒すると宣言したため、俺も付き合ったという経緯もある。今は一緒に飲む相手もいないし、仮に飲むとすれば二瑚が二十歳《はたち》になってからになるだろう。

十七年後か、想像もつかないな。

「結構フルーティーな味わいだったな。そういうのが好きならお薦め」

「へえ、いいですね。大吟醸《だいぎんじょう》なら熱燗《あつかん》より冷《ひ》やですよね」

「実はぬる燗も美味しかったよ。加熱が面倒だったけど」

蓮見さんと月舘さんは日本酒の飲み方で盛り上がっている。どうやら蓮見さんは例の日本酒を相当気に入ってくれたようだ。

かつては無石の地なんて呼ばれていた北海道だが、品種改良が進んだ現代では一端の米どころとなっている。ここ道南にも全国に販路を築いたブランド米があり、北海道の寒さに強いのはもちろんのこと、甘みが強く冷めても美味しいのでお弁当にはぴったりの品種だ。毎朝二瑚が食べているおにぎりも今はその米を使っている。俺がラベルを制作するのもそんな道南産米を使った日本酒で、美味しい米を使っているのだから美味しいお酒になるのも道理だろう。

しかし蓮見さんも言ったように、六月とはいえ日本酒をロックで飲むには少し早い時期だった。特に夜はまだまだ冷え込むことも多い。我が家では美味しい米で温かいスープごはんを作ろうか――などと、今日の夕飯に思いを馳せた時だ。

唐突に俺の、私用のスマホが鳴った。表示された発信先は二瑚が通うこども園だ。

嫌な予感を覚えつつ、俺は席を外して電話に出る。

『あっ、二瑚ちゃんのお父さんですね。板倉です』

板倉先生は電話が繋がったことに安堵した様子だった。そのまま早口で用向きを続ける。

『実は二瑚ちゃん、少しお熱があるみたいなんです。こちらで測ったところ、三十七度六分でした』

「熱、ですか」

子供にはよくあることだが、それでも一瞬うろたえた。今朝は元気いっぱいで朝食のおにぎりもしっかり食べたし、家で検温した時は平熱だったはずなのだが。

『お迎えに来ていただけますか?』

二瑚が通うこども園では、発熱した子供を預かれない決まりになっていた。他の子に感染するのを防ぐためだから当然の処置だが、俺にはまだ仕事がある。シングル家庭となると困るのはこういう時だ。

かといって他に頼める相手がいるわけでもない。一応、園に提出する緊急連絡先にはうちの母親の電話番号も記入していたが——母さんからは『書いてもいいけどお迎えはいけないよ』ときっぱり言われている。俺としても一件は書いておかなければいけないから許可を貰ったまでで、実際に母さんの所へ連絡が行くことは絶対に防ぎたかった。

もちろん、二瑚を迎えに行かないという判断はありえない。それでなくても熱を出したあの子はきっと今頃心細い思いをしていることだろう。風邪《かぜ》か、他の流行病かはわからないが速やかに病院へ連れていかなくてはならない。

「すぐに伺います」

俺はそう答えて電話を切ると、オフィスに戻って蓮見さんに申し出た。

「すみません、二瑚が熱を出したので迎えに行きます」

「それはまずいな。風邪？　季節の変わり目だしな」

表情を曇らせた蓮見さんは、すぐに小さく声を上げる。

「けど青柳、今日は打ち合わせ入ってたよな？　どうする？」

そうなのだ。例の日本酒ラベルの初校を詰める、大事な打ち合わせが午後二時に控えていた。今は午後一時、二瑚を迎えに行って病院に行ってからではさすがに間に合わない。

しかし熱を出した二瑚を放り出して打ち合わせ、なんてことは論外だ。もしかしたら出席停止になるような感染症かもしれないし、数日は身動きが取れない可能性も考えなくてはならない。最悪の場合、しばらく自宅勤務にしてもらうしかないだろう。

「先方に連絡して時間をずらしてもらうか、最悪リスケでも――」

考えがまとまらないまま俺が言いかけた時、すかさず月舘さんが手を挙げる。

「私、代理で打ち合わせに出ますよ」

予期していなかった提案に、さすがにちょっと戸惑った。

「えっ、でも、さすがに負担では……」

「引き継ぎさえしてもらえたら大丈夫です。私は二時台空いてますし、日本酒ラベルの初校の件でしたよね？　ちゃんと先方のご要望を伺って、青柳さんに全て共有しますから」

この事態を想定していたみたいに、月舘さんは淀《よど》みなく続ける。

「病状がわからないうちは先のことも考えられないでしょう？　お子さんの状態がわかったらでいいので連絡貰えたら、私も社長もそれに応じてフォローします」

「ああ。青柳は二瑚ちゃんを優先してくれ」

蓮見さんもそう言ってくれて、それで俺の心は決まった。申し訳なくて後ろ髪引かれる思いもあったが、二瑚を案じる俺を蓮見さんも月舘さんも、後の心配がないように引き継ぎをした上で送り出してくれた。

昼下がりの道はいつもの帰り道より空《す》いていた。俺が自転車を停めて飛び込むと、こども園の玄関に座り込む二瑚の姿がある。もう帰り支度を済ませているようで、カバンを肩から掛け、靴も履いて俺を待っていた。具合が悪いのか、それともイレギュラーな状況に戸惑っているのか、表情はどこか心許《こころもと》ない。

「二瑚、大丈夫？」

息せき切って尋ねる俺に、二瑚はおずおずと答える。

「なんか、おねつでちゃったみたい」

「具合はどう？」

「うーん、ふつう」

　思ったより元気そうでひとまずは安心した。だが板倉先生によれば熱は下がっていないらしく、抱き上げて自転車に座らせると確かに普段より熱っぽい。俺はこども園を出ると、その足で紹介された最寄りの小児科へ向かった。

　二瑚は病院に行くと途端におとなしくなる。初めて行く病院でもきっと消毒液の匂いでわかるのだろう。緊張した様子で俺に囁《ささや》いてきた。

「にこ、おちゅうしゃはへいき。なかないよ」

「偉いね。今日は注射はしないだろうけど」

　そして医師に診てもらったところ、喉の腫れも鼻水もないし、本人も元気そうなので心因性の発熱ではないかという話だ。三月に引っ越してきたばかりだと言ったら、疲れが出たのだろうと言われた。

「小さな子でもいろいろ気を遣うものですからね。きっと園でもおうちでも、こうしておりこうにしているお子さんなんだろうと思いますが……」

　診察椅子に姿勢よく座る二瑚を見た医師は、俺に対して取り成すような口ぶりだ。

「本人も気づかないうちに疲れは溜まるものです。栄養のあるものを食べて、ゆっくり休ませてあげてください」

解熱剤を処方してもらい、二瑚を再び自転車に乗せて家へ帰る。帰宅後に改めて熱を測ったら三十六度五分まで下がっていた。薬はまだ飲ませていない。

「やっぱり、疲れのせいかな……」

呟く俺をよそに、着替えを済ませた二瑚は見るからに浮かれていた。こども園の玄関に座り込んでいた姿とはうって変わっていきいきしている。

「パパもいっしょにあそぶ？」

親子揃っての早い帰宅が嬉しいのか、いい笑顔で誘ってきた。

俺としても二瑚が病気ではなくて嬉しいのだが、あいにく遊んでいる暇はない。放り出してきた仕事もあるし、月舘さんに託した打ち合わせはさすがにもう済んでいる頃だろう。

「いや、パパは……ちょっとお仕事が」

「おしごと？　かいしゃにいくの？」

「おうちにいるよ。ただ、ちょっとパソコンをするからね」

「わかった」

それで二瑚は自分の部屋におもちゃの世界を広げ始め、俺はリビングでノートパソコンを開いた。今の家は２ＬＤＫだが仕事をするスペースがないのが悩みだ。二瑚が一人で寝てくれるようになったら寝室で仕事ができるのだが、それまでは我慢するしかない。

月舘さんからは打ち合わせが滞りなく済んだ報告と、その内容の詳細がメールで届いていた。初校のラベルは微調整をする必要こそあるもののそこまで大きな修正はないようで、この分なら納期には間に合いそうだ。それ以外にも酒蔵からのレスポンスを、月舘さんはつぶさに拾って送ってくれた。

『お子さんの体調はいかがですか？　もし長引くようでしたら遠慮なく言ってくださいね。私、いくらでも代われますので』

メールにはこうも添えられていて、ありがたいやら心苦しいやらだ。

小さな子供を抱えての仕事は、職場の理解や協力がなければ成り立たない。だからこそ月舘さんや蓮見さんの心遣いがとても嬉しく、一方で迷惑を掛けている現状に申し訳なさもあった。これればかりは子育てをしている以上避けられない問題だとしてもだ。

せめて仕事で貢献して、職場のお荷物にならないようにしなくては――ひとまずメールで平謝りの返信を打っていると、二瑚がリビングにひょっこり現れた。クマの人形片手に近づいてくると、ローテーブルの前に座る俺の膝に乗ろうとする。

「二瑚、パパはお仕事してるから」

「えー?」

やんわり制止したが二瑚は取り合わず、人形ごと俺の前に座った。首を不器用に動かしてこちらを振り返り、楽しそうに笑う。

こうなると無理やりどけるわけにもいかず、俺は二瑚を膝に乗せたままメールの返事を打った。二瑚は俺がキーを叩《たた》く手を見ながらはしゃぎ、ディスプレイに表示された文字を読める分だけ読み上げる。

「ここ、『よろしく』ってかいてあるね。これはパパのおなまえじゃない?」

「そうだよ、読めて偉いね」

誉めてあげると二瑚は誇らしげな顔をして、読める字を探して画面とにらめっこを始めた。膝から降りる気配はまるでない。俺は諦め、二瑚を抱えたままメールをどうにか打ち終えた。

多分、甘えたい気分なのだろう。二瑚だって急に熱が出て、自分を案じてばたばたする先生や父親を見ていたら不安になるに決まっている。病院でも言われた通り、この春から二瑚の環境はがらりと変わってしまった。それも自分の意思とは関係なく、親の勝手な都合でだ。もう少し歳《とし》を重ねていたなら文句も言えただろうし反抗もできたかもしれないのに、今の二瑚はそれすらできず、訳もわからないまま親についてきて新しい街や家、園や先生やお友達に適応するしかない。そりゃ熱だって出る。

俺は黙って二瑚の頭を撫でた。無理を強いてきたことへの埋め合わせみたいだと自分で思ったが、二瑚はただ満足そうにしている。

「パパ、きょうのばんごはんなに？」

「どうしようかな。二瑚はちゃんと食べられそう？」

「うん」

熱は下がったようだし、本人も元気そうだった。消化にいいメニューなら問題なく食べられるだろう。

こんな時こそ、灯里のスープごはんの出番だ。


六月の夜は気温が不安定だ。もう夏だなと思うくらい蒸す日もあれば、春先みたいに冷え込んでストーブを焚《た》きたくなる日もある。今日はやや肌寒く、俺はつみれのあんかけスープを作ることにした。

灯里がアルバムに遺してくれたレシピは、思い立った時に作れる手軽さなのがいい。つみれは鶏のひき肉か、包丁で叩いた魚の切り身、あるいは魚の缶詰でだって簡単に作れる。今日は買い置きのイワシ水煮缶があったので、これをつみれにしよう。

俺はアルバムをキッチンに持ち込んで横に置き、そこに書かれたレシピ通りに料理を始めた。

まずはイワシの缶詰を開け、汁をいくらか切っておく。イワシの身におろしショウガと長ネギのみじん切りを加え、更に片栗粉、塩少々を混ぜてよく捏《こ》ねる。缶詰のイワシは手でも潰しやすいので調理も簡単だ。つみれ以外の具材は、灯里が作った時にはシイタケやささがきゴボウなども入れたようだった。しかし今日は二瑚の体調を考え、お腹に優しい青梗菜《チンゲンサイ》を選んだ。

鍋にお湯を沸かし、よく捏ねたイワシつみれをスプーンで掬い入れていく。つみれを全て投入したら食べやすく切った青梗菜も加え少し煮る。スープの味つけは出汁《だし》と醤油《しょうゆ》とみりん、そしてとろみ付けのための水溶き片栗粉だ。とろみがついたら最後に溶き卵を加える。この溶き卵をふわふわにするには灯里曰く、少しコツがいるらしい。

『ふつふつといってるスープを菜箸《さいばし》でかき混ぜながら、溶き卵を少しずつお鍋に回し入れる。そうしたらスープを七回かき混ぜてから蓋をして火を止める』

彼女の文章を辿りながら作ると、まるで灯里に料理を習っているような気分になった。東京にいた頃は小さなキッチンで肩を並べて夕飯を作ったこともある。

なぜかき混ぜるのが七回なのかは、彼女が前に言っていた。

『お・い・し・く・な・あ・れ、で七回なんだよ』

俺の隣に立って、鍋のかき混ぜ方を指導する灯里の姿が脳裏に蘇《よみがえ》る。あれは二瑚が生まれたばかりの頃、あの子が寝入った隙にスープごはんを作ろうと、二人で大急ぎで支度をした時のことだ。言葉にした方がより美味しくなると彼女は言ったが、俺はとても口にできなかった。傍で灯里がカメラを構えていたせいでもある。

『動画じゃないよ。写真なんだから、恥ずかしがることないのに』

　その時のやり取りを切り抜いたように、アルバムには渋い顔で鍋をかき混ぜている俺の写真が挟まっていた。結局黙ってかき混ぜたら思いっきり笑われた。

『大丈夫、そのうち普通に赤ちゃん言葉使うようになるって。父親はそういうものだ、ってお父さんも言ってたし』

　その言葉通り、今では二瑚の前で『ぴもこん』なんて普通に言っているんだから、人間変われば変わるものだ。

　そんなことを思い出しながら溶き卵を用意していると、二瑚がとことこやってくる。出汁や醤油、みりんの和風な香りが漂うキッチンに、美味しいものの予感を察知したのだろうか。

「パパ、もうすぐごはん？」

「そうだよ。美味しく作るから待っててね」

「うん！」

　二瑚がいい返事をしてくれたので、俺は張り切ってスープに溶き卵を放ち、そして灯里の言う通り、鍋を七回かき混ぜた。

「お・い・し・く・な・あ・れ」

「な・あ・れ！」

隣で二瑚が真似をする。二人で言葉にした分、確実に美味しくなっているはずだ。

できたてのスープを、これまた炊き立てのご飯に掛ける。湯気の立つスープはこっくり美味しそうな色の醤油あんかけで、ふんわり仕上げた溶き卵と青々とした青梗菜、そしてイワシのつみれが入ってボリュームたっぷりだ。二瑚の分は体調を考え、少しだけ盛って食べられそうならお代わりをさせることにする。

「いただきまーす」

「いただきます」

ダイニングテーブルを二人で囲んで、いつもよりちょっと早い夕飯が始まった。

醤油風味でほんのり甘みのある餡《あん》は白いご飯ととてもよく合う。ふわふわの卵と合わせると天津飯《てんしんはん》の味わいでこれもまた美味しい。しゃきしゃきとした歯ごたえの青梗菜は箸休め代わりにもちょうどいいし、柔らかく仕上げたイワシのつみれはスープを吸い、濃厚な魚の旨味《うまみ》が一層強く感じられた。

「このおだんごおいしいね」

二瑚もつみれを一口食べ、途端に笑顔になる。普段は鮭《さけ》やホッケといった白身魚を好んで食べるものの、青魚はまだ苦手がることがあった。だがつみれにすれば気にせず食べられるようで、これは思わぬ収穫だ。灯里が聞いたら喜んだに違いない。

「パパ、おかわりできる？」

あっという間に二瑚の器は空っぽになってしまい、俺は慌てて立ち上がる。

「もちろん。ご飯を食べれてよかったよ」

「にこ、たべれるよ」

「そうみたいだね。お熱が出たからどうなるかと思ったけど……」

嘘《うそ》みたいにけろりとしている二瑚に、あんかけスープごはんのお代わりをよそってあげた。気に入ってくれたイワシのつみれも追加で入れたら大喜びで食べている。温かいスープでほっぺたを赤くして、口いっぱいに頬張ってはもぐもぐと、ひたむきなまでに味わっていた。

そんな二瑚を見ていると、俺もちゃんとパパ業とやらをやれているのかもしれないな、と思う。

俺は父親というものを知らない。よその家族連れを見かけてこんなもんかなと想像することはあったし、漫画やドラマなんかで知識としては学んでいる。世の父親というものは頑固で、威厳があって、娘がいれば溺愛している――なんて古いステレオタイプなイメージだけを持っていたし、実際に灯里の父親はそれに近い人物だった。

でも知らなくても知らないなりに、俺は父親をやれている。函館に戻ってきて二ヶ月、何もかも順調というわけでもないし慌ただしく過ごしてもいるが、職場には恵まれたようだし生活基盤も整った。そして二瑚は元気にごはんを食べている。

そこで二瑚が、不意にスプーンを動かす手を止めた。俺をじっと見つめたかと思うと、思い立ったように口を開く。

「パパ、おしゃしんとって」

「写真？　えっ、どうして？」

「にこがげんきだよって、せんせいにおしえてあげないと。だからごはんをいっぱいたべてるとことって」

二瑚なりに、板倉先生には心配を掛けたと思っているのだろう。明日は熱がなければ登園させるつもりでいたし、わざわざこんな時間に連絡をすることもない。俺は笑い飛ばそうとして——しかしふと思う。

こんな小さな二瑚でも、写真を送って自分の無事を知らせる、というやり方をもう熟知しているのだ。引っ越し当日に撮った写真をおばあちゃんに見せて、喜んでもらえたように。少し前まで泣くばかりの赤ちゃんだった二瑚が、今は誰かに自分の無事と元気を知らせたいと考えている。そう思うと、目の前にいる娘が急に成長したように感じられた。

「じゃあ写真撮って、明日先生に見せようか」

「うん！」

俺の提案に、二瑚は手足をばたつかせてはしゃぐ。

せっかく灯里がいいカメラを遺してくれたのに、ここ二ヶ月は日々の生活に追われるばかりでまるで写真を撮る暇がなかった。今日は早めの夕飯で余裕もあるし、ちょうどスープごはんの日でもある。先生には送らないものの写真を撮っておくのはいいかもしれない。

それで俺はしまっておいた一眼レフを持ってきて、二瑚にレンズを向けて構えた。二瑚はすかさずスプーンを口に運び、元気に食べるアピールをする。なかなかの演技派だ。俺は彼女を捉えてまず一枚、それからスープごはんの器も構図に入れてもう一枚撮った。これは後程、またお義母さんたちに送っておこう。

撮れた写真を一緒に確認すると、モデルは大層満足げにしてみせた。文句のない出来映えだったようだ。

「これから、いっぱい二瑚の写真を撮りたいな」

俺は独り言のようにそう言った。

灯里が遺してくれたアルバムに、灯里の写真はあまり多くない。彼女のカメラで撮ったのだから当然だが、もっと撮っておけばよかったと今になって思う。

だからせめて、二瑚の写真は今からでもたくさん、できる限り撮っておきたい。彼女とはもうしばらく——少なく見積もってもあと十二年以上は一緒にいられる。でも二瑚は確実に成長していて、忙しさにかまけて記録を怠ったらきっと後悔するだろう。俺が撮った写真で、灯里みたいにアルバムを作れるように、何冊も何冊も作れるくらいたくさん撮っておかねばならない。

後で見返した時、こんな頃もあったなと幸せな気持ちになるはずだ。

翌朝、二瑚は元気に登園した。

板倉先生に写真を見せるという目的があったからか、いつになくやる気十分で準備をしてくれた。こども園に着くと俺の手を引き、プリントした写真を掲げて、真っ先に先生のところへ飛んでいく。

「せんせい、にこのしゃしんをみて！」

「え？　写真？」

先生が困惑するのも無理はない。俺は大急ぎで昨日の病院での診察結果、それを受けての二瑚の様子を伝えた後、申し訳ないながらも言い添える。

「二瑚が、どうしても先生に元気な姿を見てもらいたいとのことで……」

「ああ、そういうことですか」

板倉先生は心得たように微笑み、昨夜の二瑚の写真を見てくれた上、そのわんぱくな食べっぷりを誉めてくれた。それで二瑚は誇らしげにし、俺は深々と頭を下げる。

「昨日はご迷惑をお掛けしました。本人は元気そうなので、今日は大丈夫かと思いますが……」

「迷惑なんてことないですよ。二瑚ちゃん、元気になってよかったです」

そう話す板倉先生と、二瑚は何も言われないうちから手を繋いでいた。どうやら二瑚はこの場所にもすっかり馴染んできたようだ。無理ばかりさせてきたと思っていたが、二瑚にとって居心地のいい場所が家以外にもあるのなら、俺も安心して仕事に行ける。

一方の俺は出勤後、蓮見さんや月舘さんにお礼を言いに回った。特に月舘さんには打ち合わせを代わってもらい、丁寧に引き継ぎまで済ませてくれたことに感謝を伝えたかった。

「いいんですよ、お子さんのことで大変でしょうし」

言葉通り、さして気にした様子もなく月舘さんは言ってくれる。

「本当に助かりました。お蔭様で二瑚もなんともなかったですし」

「それはよかったです。ま、こういうのはお互い様ですから」

お互い様とは言うが、二瑚を抱えている以上は今後も同じことが起こる可能性がある。突然の欠勤や早退でまた迷惑を掛けるとわかっているからこそ、俺は簡単には頷けなかった。

「そうだ。月舘さんも日本酒お好きなんですよね？」

昨日の会話を思い出し、蓮見さんに贈ったものと同じお酒をお詫《わ》び代わりに——と言いかけた俺を、月舘さんは笑顔で制する。

「そこまでしなくていいです、持ちつ持たれつってやつですよ」

「え、ですが……」

月舘さんはそこで自分のデスクに置いてあった卓上カレンダーを取り上げた。そしてなめらかに二ページめくった後、八月の上旬を指差して続ける。

「私、八月の三、四、五と連休を取る予定なんです。もしよかったらその時期、青柳さんにもご協力いただけないでしょうか？」

言われた通りの日付には青いペンでハートマークが書いてあった。内容まではわからないが、心弾む予定があるようだ、ということだけは読み取れる。

「そういうことでしたら、ええ、もちろん」

俺としても恩返し、そして今後掛けかねない迷惑に備える意味でもきっちり協力がしたい。そう思って了承すると、月舘さんの笑顔が更に輝いた。

「やった！　ありがとうございます！」

横の席に座っていた及川さんが振り返るほどの声で言った後、堰《せき》を切ったように続ける。

「実はその日、推しのライブがあるんですよ。私、全通するつもりでチケット押さえたのでどうしても休みたくて！　もう前々から社長にも頼んであるんですけど、何があるかわからないじゃないですか。青柳さんのお力添えもあったら百人力です！」

「お……推しのライブ、ですか」

圧倒されてそれだけしか相槌が打てない俺を、離れたところで蓮見さんが気の毒そうな目で見てきた。

月舘さんはどこ吹く風で羽織っていたジャケットの下のTシャツを指差す。毎日派手な模様のシャツを着ているなと思っていたが、よくよく見ればそこには数人の若者たちの姿が描かれていた。

「ゼロ・ユニティっていうんです。その名の通り統一性のない六人組で、歌あり演奏ありダンスありのユニットなんですけど、曲もいいしかっこいいしで本当に最高なんですよ！　特に私の推しはこのトーマっていいまして――」

見せられたスマホのホーム画面には、髪を真っ青《まさお》に染めた青年の姿がある。肌が透けるように白く、メイクの映える顔立ちをしていた。月舘さんは彼にぞっこんのようで、その後しばらくどこがどのように魅力的か、そして彼の存在に自らがどれだけ支えられ、鼓舞されているかを語り聞かせてきた。蓮見さんが割って入ろうかまごまごしていたほどだ。

ここ最近、テレビといえばニュースか二瑚が好きな教育番組しか見ていない俺には把握しかねる部分もあったが、それでも月舘さんが話の終盤に語った言葉は印象深かった。

「私、トーマがいるから仕事頑張れてるんです。普段は結構自堕落《じだらく》で、フリーで働いてた頃だって適当にサボることさえあったんですけど、今では彼に会うために仕事頑張ろうとか、ごはんもちゃんと食べて健康でいようとか……今の私があるのもトーマのお蔭なんですよね」

過去を振り返るように目を伏せた後、月舘さんは続ける。

「だから私もできるだけトーマに会いに行こうって、会って感謝を伝えたいって、それが今のモチベなんです。一ファンができることって微々たるものですけど、推しのライブは全通して、空席なく盛り上げられたらなって思ってます。たとえ銀テが拾えなくても、ファンサがなくてもいいんです。……あったら嬉しいですけど」

知らない単語もいくつかあったものの、正直に言えば俺には共感できる部分があった。

俺の場合は推しではなく一人娘だが――二瑚がいるからこそ俺は毎朝早くに起きてごはんやお弁当を作り、日中は仕事に励み、退勤後の夜も疲れを押して家事ができる。

今の俺を支えているモチベーションは彼女に他ならない。きっと同じことが月舘さんにも言えるのだろう。

そういうことなら是非とも協力したい。

「わかりますよ。俺も娘のために頑張ろうって思ってますから、同じことですよね」

俺の言葉に、月舘さんも腑《ふ》に落ちたような顔をする。

「青柳さんは、娘さんが推しなんですね！」

推しと言われると違和感があるような、ないような——だが通ずるところもあるなと、俺はその日の退勤後に思った。こども園にお迎えに行くと、今日は塗り絵で遊んでいた二瑚が俺に気づいて駆けてくる。

「あっ、パパだ！　パパー！」

その時のとびきりの笑顔は目下、俺にしか向けられないものだ。幸せすぎて胸が潰れそうになる。

いつまでこうやって笑ってくれるのかな、なんて、時々思う。

③ 野菜たっぷりクラムチャウダー

函館に夏が訪れると、俺は二瑚を連れてあちこちへ出かけた。

暑い日には家からすぐ傍の函館公園に行き、水遊びができる噴水で遊ぶ姿を写真に撮った。子供たちばかりの噴水広場で、二瑚もはしゃぎにはしゃいでいた。それから風の弱い日を選んで入舟町《いりふねちょう》の海水浴場にも連れて行った。水遊びが大好きな二瑚も岸に押し寄せる波にはおっかなびっくりで、水着を着てもほとんど砂遊びをして過ごした。八月初めの港まつりにも行ったが、人混みの中で小さな二瑚の手を引くのは難しく、それで抱っこして連れ歩いたら途中でぐっすり寝入ってしまった。それもまたいい思い出だ。

俺はその都度写真を撮り、そして撮った写真は東京のお義母さんたちにも送った。輝く笑顔で噴水の吹き出し口に手をかざす姿や、一転難しい顔つきで波打ち際と対峙《たいじ》する様子、あるいは港まつりで汗だくになりながらもパレードを眺める横顔など、たくさんの報告ができたのは喜ばしい。

同時にそれらの写真をプリントして、俺も新しいアルバムを作ることにした。あとでいくらでも見返せるよう、手元に置いておきたかったのだ。二瑚の成長記録として、そして俺自身のカメラの腕の成長を見る上でも――あいにく俺は灯里ほど上手くはないのだが、二瑚を撮り続けていればそのうち彼女に近いくらいのカメラマンにはなれるかもしれない。

「にこがおみずであそんでるねえ」

二瑚もアルバムが気に入ったようで、写真に写った自分の姿を面白がっていた。見たままのことを言っては楽しそうに笑っている。

「二瑚は噴水で遊ぶの、楽しかった？」

「たのしかった！　またいきたい！」

「そうだね。寒くならないうちにまた行こうか」

東京と比べれば短い函館の夏を、二瑚は存分に楽しめたようだ。

ただ俺たちにはこの夏、一つ大きな課題が生じていた。夏休み前にこども園であった、先生との面談でのことだ。二瑚はいわゆる二号認定、つまり夏休み期間も園に保育をお願いしている子供なのだが、幼児教育のみの一号認定の子供たちが夏休みに入るのに合わせて同じように面談が行われた。

そこで、板倉先生は俺に対してこう言ったのだ。

「二瑚ちゃんは、食べ物にちょっと好き嫌いがありますね」

図星を突かれ、俺は項垂《うなだ》れるしかなかった。

「確かに、なかなか食べてくれないものがありますが……」

「給食でも好きなものはしっかり食べてくれるんですけど、嫌いなものは残しがちなんです。こちらでも『頑張って食べようね』と声掛けはしているんですけど、『どうしてもむり』って言ってました」

俺も家では二瑚にいろんなものを食べさせようと努力はしている。大人とほぼ同じ食事がとれるようになってからは、極力バランスのいいごはんが出せるようにと心を砕いてきたつもりだ。

しかし一方で、せっかく作った食事を『これきらい』なんて言われるのは落ち込むし、食事時間が長くなる原因にもなる。ただでさえ仕事や育児もある中、更に食事の支度をするのは楽なことではない。だから食事は極力スムーズに進むようにと、二瑚の好みに合わせたメニューが多くなっていたのも事実だ。

ちなみに二瑚の嫌いな食べ物はピーマンで、他にも玉ネギ、ニンジンはごろっとしたのは食べたがらない。特にピーマンは緑色で目立つからか、みじん切りにしても見つけ出して露骨に嫌な顔をする。俺からすればせいぜい数ミリ四方の野菜の欠片《かけら》がそこまで苦いわけないだろうと思うのだが、板倉先生が言うには、子供の味覚は大人よりもずっと鋭敏らしい。

「舌で味を感じる味蕾《みらい》の数が大人より多いため、ちょっとした苦みでも強く感じるのが子供なんです。なので、苦手意識を持つのもわからなくはないんですよ」

板倉先生はこういう親子を何十人と相手にしてきたのだろう。穏やかに諭してきた。

「でも小学校に上がってからも給食はありますし、今のうちに偏食をなくしておく方が絶対にいいです。お父さんからもお声掛けと、もし食べられたらたくさん誉めるようにしてあげてみてください」

「わかりました」

頷く俺の隣で、二瑚は他人事のようにきょとんとしている。自分についての指導を受けているのだとわかっていない顔だ。

「二瑚ちゃんもお野菜食べるの、頑張ろうね」

「はーい！」

板倉先生の呼びかけには元気よく手を挙げて応えていたはずだが、この夏の間、二瑚の好き嫌いが直ることはなかった。

手始めに、ハンバーグの中にみじん切りにしたピーマンを混ぜ込んでみた。外から見えなければ気にせず食べられるかもしれないと踏んでのことだ。そうして慣れさせた後で『実はもうピーマンを食べられるんだよ』と種明かしをする心づもりだったのだが、その前に二瑚はハンバーグに埋もれたピーマンの欠片を探し当て、それを全て発掘してからハンバーグだけ食べるという芸当をやってのけた。

「だってにこ、ピーマンきらいだもん」

「そんなこと言ったらピーマンがかわいそうだ」

娘の言い訳に対して俺は感情論で応じたが、これは子供だましにもならなかったようだ。たちまち二瑚は顔を顰《しか》め、いかにも不服そうに反駁《はんばく》した。

「ピーマンはしゃべらないよ！」

もっともなので、俺はそれ以上何も言えなくなる。

それならと俺が次に打った手は、ピーマンの苦みを極力減らすことだ。幸い二瑚は和風、洋風、中華風と味の好みは幅広い。辛いものが食べられないくらいだから、逆に甘めの味つけにすれば美味しく食べてもらえるのではないだろうか。

そう思い、ピーマンをくたくたの煮びたしにしてみた。醤油、みりん、砂糖を加えて一晩じっくり味を染み込ませた煮びたしはつやつやと光沢もあって実に美味しい仕上がりだったが、二瑚は一口食べた後で首を捻《ひね》る。

「これ、ピーマンじゃない？」

「そうだよ。でも美味しいだろ？」

「うーん……にこはすきじゃないかも」

苦みもないし甘辛でごはんに合う味つけになったと思うのだが、聞いてみたところ、どうも食感もお気に召さないとのことだ。

「なんか、かむとしゃきってなるのがいやなの」

二瑚はそう言うのだが、その割に白菜やキャベツといった葉物は気にせず食べる。単純に歯ごたえがあるのが嫌、ということでもないのかもしれない。あるいは苦手意識を持ったファーストコンタクトの記憶が、味や歯ごたえとして色濃く残っているため、味わうたびに思い出す——とかだろうか。

そうなるともう精神的なものだ。調理法が悪いわけではなく、二瑚に根付いたピーマンの悪印象そのものを取り払ってやらなくてはならない。

結局、成果らしい成果はないまま夏は終わってしまった。だがここで諦めるわけにはいかない。そこで俺が取った次なる手は、二瑚と共に食育を始めることだった。

ちょうどその時期、俺は仕事で野菜農家と繋がりがあった。

函館といえば港町だから水産物が有名だが、実は肥沃《ひよく》な土地と比較的温暖な気候から農業や畜産も盛んだ。カボチャや大根、トウモロコシ、そして馬鈴薯《ばれいしょ》といった北海道を代表する野菜は大体函館でも収穫されている。そういう野菜をブランド品として全国出荷している農家に営業を掛けてみたところ、通販ホームページのリニューアルから発送用の段ボールデザインまで一式を依頼してもらえることになったのだ。

特にホームページの構築では、せっかくなので写真画像をふんだんに載せたいと要望があった。

「野菜も食べ物。やはり視覚に訴えたいんですよ」

依頼主の野菜農家さんは決意を込めた口調で言っていた。

「もちろんうちの野菜は美味しいですが、通販となれば食欲をそそる画像も欲しいです。食べてみたい、料理に使いたいと思ってもらえるような写真を載せていただけないでしょうか」

俺としても北海道らしい広大な農地と、そこに実る色鮮やかな農作物はさぞかし購買意欲をそそる画《え》になるだろうと考え、言われたように現地に出向いて撮影をした。

函館市桔梗町《ききょうちょう》は北斗市《ほくとし》との境目にあり、国道五号線の函館新道沿いは店舗も多く賑わっているが、JR桔梗駅周辺はのどかな住宅地が広がっている。件《くだん》の野菜農家もその辺りに畑を所有しており、俺は天気のいい日に訪ねていって畑や収穫物、そして収穫する風景などを撮らせてもらった。

それらの画像を見返しながら、ふと思う。

二瑚にも、畑を見せてみてはどうだろう。

考えてみれば二瑚にとって、野菜は『スーパーで買うもの』のはずだ。きちんとパッケージされてお店で山積みになった野菜しか知らない彼女に、それがどのように育てられているのかを教えるのは意味のあることだろう。農家の方の苦労や工夫、そしてみんなに食べてもらいたいと心を込めて育てている事実を知れば、二瑚もより野菜を身近に感じ、少しは食べてみようと思ってくれるのではないだろうか。

「二瑚、今度の土曜日にピクニックをしようか」

そう持ちかけると、二瑚は聞き慣れない単語に不審げな顔をした。

「それってなに？」

「お弁当を持ってきれいな景色を見に行くんだ」

俺の説明にようやく合点がいったのか、ぱっと表情が明るくなる。

「えんそくとおなじだね！」

「まあ、そうだね」

了解を得られたのでその次の土曜日、俺は二瑚を連れて桔梗町へ向かった。せっかくなので小旅行っぽくしてみようと、わざわざ函館駅から電車に乗った。桔梗まではニ駅、普通列車ののんびりした行程だ。

二瑚はホームから駅舎を繋ぐ跨線橋《こせんきょう》を元気に登り、改札を抜ける際には駅員さんに挨拶をした。

「こんにちは！」

「はい、こんにちは」

駅員さんから返事を貰えて更に機嫌がよくなったのか、駅を出て、外から駅舎を眺めたところで歓声を上げる。

「わあ、おしろみたい！」

桔梗駅は赤い三角屋根の可愛い外観をしていた。函館駅とは違いとても小さな駅なのだが、屋根が尖っているから二瑚にはお城に見えたのだろう。俺はそんな駅をバックに二瑚の写真を一枚撮り、それから目的地である畑へと歩き出す。

既に九月になっていた。函館で久し振りに迎えた秋は俺の記憶にあるものより暑かった。今日も夏日になるとのことで、昼前から照りつける太陽の下を、二瑚と一生懸命歩く。

目的の畑に辿り着いた頃、二瑚は既に汗だくだった。その汗を拭いてやり、水筒から麦茶を飲ませた後で、俺は二瑚を抱き上げて目の前に広がる畑を見せる。

「見てごらん。ここで野菜を育てているんだよ」

からりとした秋晴れの日だった。抜けるような青空の下に美しい野菜畑が続いている。夏の間に陽射しをたっぷり浴びて育ったキャベツやジャガイモなどが、青々とした葉をさやさやと微《かす》かな風に揺らしていた。ちょうど収穫の時期だから、遠くの方で青いトラクターがゆっくり進んでいるのが見える。なだらかに起伏のある畑のところどころには防風林が点在していて、濃い緑の葉を広げて畑をそっと守っていた。

畑の遥《はる》か向こうには函館市の穏やかな街並みと空よりも青い函館湾、そして寝そべる牛のような函館山が霞《かす》んでいる。九月とはいえまだ紅葉には早く、函館山も濃い緑色をしていた。しかしあと一ヶ月もすれば山頂からじわじわと色づいていくはずだ。

「これって、はたけじゃない？」

二瑚が俺を見下ろし、聞いてくる。

「そうだよ。二瑚に畑を見せたくて、ここに来たんだ」

「ふうん……」

彼女はぴんと来ていないようだが、だからといって退屈がる様子もない。俺は二瑚を下ろし、畑沿いの道をしばらくのんびりと歩いた。市街地の喧騒《けんそう》とは無縁の畑作地は、トラクターのエンジン音も微かに響いてくる程度で、二瑚の足音が聞こえるほど静かだ。

「ここの畑ではいろんなお野菜を育てているんだよ」

「おやさいかあ。トマトとか？」

「そうだね。トマトもあるしジャガイモや長ネギ、ピーマンもあるって聞いたよ」

「すごいねえ」

それで二瑚は畑を見回したが、一面緑で真っ赤なトマトは見当たらない。それでちょっと釈然としない顔になる。

俺は遠くに見えるトラクターを指し示し、二瑚に語りかけた。

「お野菜はね、ああやって機械を使って収穫するんだ。でもこんなに広い畑だから、機械に乗ったってとても時間も掛かるし大変なんだって」

「きかい？　あのくるま？」

「そう。あれはトラクターっていうんだ」

「とやくたー……あれってパパもうんてんできる？」

二瑚の関心が明らかに畑よりもトラクターに移っていたので、俺はとっさに笑いを堪《こら》える。

「運転したことはないけど、自動車免許はあるからね。できるよ」

正直に答え、持ってきた一眼レフの画像フォルダを開いた。仕事用のフォルダには夏の間に撮ったこの辺りの畑の画像が何十枚とある。しゃがみ込んでそれを二瑚に見せてあげた。

「これは夏の間に撮ったこの畑の写真だよ。ほら、キャベツが育っていくのがわかるだろ」

農家の方が苗を植えつけたり、結球していくキャベツを丁寧に手入れする姿、そして丸々と育っていくキャベツなど、ホームページに使った画像は我ながらよく撮れている。他にも大きなタンポポの綿毛みたいな長ネギの花や、支柱に寄りかかるようにして伸びるピーマンなど、いろんな画像を二瑚は物珍しそうに見入っていた。

「ほら、向こうにビニールハウスが見えるよね？　ピーマンは風に弱いから、あの中で育てているんだよ」

「へええ」

ちょっとは興味をそそられたのだろうか。二瑚は伸び上がって畑の向こうに建つビニールハウスを眺めやる。風に吹かれたビニールハウスは陽に照らされ、時々ぴかぴかと光っていた。

「もしかして、パパのおしごとってはたけのしゃしんをとることなの？」

今の話の流れだと、そう誤解されてもおかしくはないか。一口に言ってもデザイナーなんて仕事の範囲が広すぎて漠然としている。小さな二瑚にわかるよう説明するのは難しい。

「パパは写真も撮るけど……なんていうのかな。誰かに頼まれて、みんなに広めたいことや知ってほしいこと、売りたいものなんかをわかりやすくするお手伝いをしてるんだよ」

できる限り噛みくだいて説明してみると、二瑚は自分なりに咀嚼《そしゃく》しようと努めたようだった。しばらく考えてから言った。

「じゃあパパは、はたけのおてつだいもしたんだね」

「そうだね」

ある意味間違ってはいまい。俺が頷くと、二瑚は理解できたことを嬉しそうに笑う。

「パパはおしごとがんばっててえらいね」

「あ……ありがとう」

別に偉くなんかない、そうしないと生きていけないから働いているだけだ。俺はずっとそういう生き方をしてきた。でも小さな子供の純粋な賞賛《しょうさん》に、少しだけ誇らしさを覚えたのも事実だ。

二瑚はもう一度畑に視線を戻し、俺に尋ねる。

「パパのつくったおやさいはどれ？」

「パパはお野菜を作ったわけじゃないんだ。でもキャベツやジャガイモや長ネギや、もちろんピーマンの写真を撮って、いろんな人に買ってもらえるようにお仕事をしたんだよ」

「かってもらえた？」

「うん」

依頼をくれた農家の方からはかなり好評だった。特に通販においてホームページ上で視覚に訴えることは購買意欲の刺激に繋がり、売り上げが倍増したそうだ。北海道の広大な大地というビジュアルだけでもブランドになるのだから、これを使わない手はなかった。

果たして二瑚にはどのくらい響くだろうか。きらきらした目に緑豊かな畑を映した彼女に、俺は更に語りかける。

「二瑚にも、パパがお手伝いをしたお野菜をいっぱい食べてほしいな。パパも頑張ったし、それ以上に農家の人がうんと頑張ったんだからね。美味しいお野菜になったって言ってたし、きっと二瑚も美味しく食べられるよ」

するとニ瑚ははしゃぐみたいにぴょんと跳び上がって、言った。

「にこもパパがおてつだいしたおやさい、たべてみたい！」

その言葉を待っていたのだ。俺は達成感と安堵で深く息をつく。

「そう思ってもらえてよかった」

やはり食育は大事だ。自分が食べるものがどのように作られ、どうやって食卓に並ぶのかを知ることによって、食べたいという気持ち、粗末にしてはいけないという感謝の気持ちも芽生えるものだろう。

俺は二瑚の手を引き、ぬるい風が吹く畑を離れた。帰る前に桔梗駅近くの公園に立ち寄り、ベンチでお弁当を食べることにする。お弁当箱の中身は二瑚の好きなイチゴのジャムサンド、それに今日の畑で採れた野菜を使ったおかずだ。ピーマンの肉詰め、ジャーマンポテト、ニンジンのグラッセなどを入れたお弁当は見映えもよく、味も申し分ない。

「これがパパのお手伝いしたピーマンだよ」

仕事のついでに訪ねた直売所で買ったので、間違いなくあの畑で採れたものだ。大ぶりのピーマンの身はつやつやしており、塩コショウをしたひき肉を詰めて蒸し焼きにすると、ひき肉の脂がピーマンに染み込んでしんなり仕上がる。ピーマンが瑞々《みずみず》しい分、ひき肉は片栗粉を振った上からぎゅぎゅっと詰め込むくらいがいい。噛むと肉の旨味とピーマンの柔らかさが感じられて、冷めても美味しいおかずになっていた。

二瑚はいつものように嫌がったりせず、黙って肉詰めに齧《かじ》りついた。一口小さめに食べてから、真顔で言った。

「おいしいかも」

「本当？　嬉しいな、パパも頑張ったんだ」

「でも、もういいかな」

一瞬浮かれかけた俺に、すぐに無情な言葉が投げかけられる。思わず固まると、二瑚も三歳児らしからぬ気まずそうな顔をする。

「え……お口に合わなかった？」

俺の問いに、彼女は答えを随分長く考えたようだ。しばらくしてからこう言った。

「にこもがんばったけど……ピーマンだめだった」

申し訳なさそうにすら聞こえるその口調に、さすがに俺も何も言えなくなる。

農業の尊さ、大変さを訴えたところで、小さな二瑚の小さな世界においてはまだ快か不快かの方が重大なのだろう。それでも親の必死さを目の当たりにして一口目に付き合ってくれたことはむしろ評価したいくらいだ。

俺は二瑚に無理をさせたくないと思っているのに、また子供らしくない気の遣い方をさせてしまった。それでなくても片親で、きっと他の家庭より寂しいことも大変な思いもあるだろうに——だが片親だからこそ、躾《しつけ》がなっていないと思われるような育て方もしたくない。食育については更に熟慮《じゅくりょ》の必要がありそうだ。

こういう時、灯里がいてくれたらと思う。

どんな困難でも二人で話し合えただろうし、些細な悩みでも困り事でも共有できたはずだ。一人では堂々巡りにしかならないことでも、二人ならどちらかがいい解決策を思いつけるかもしれない。あるいはすぐに光明の見えない問題だろうと、誰かが寄り添ってくれているという事実だけで救われる。

かつて灯里が俺にこう言っていた。

『和佐は自分で考えてばかりで、困ったことがあっても言ってくれないから。ちゃんと言葉にして教えてね』

どうしてそんな指摘をされたのかといえば、娘の育て方について話していた時だ。

二瑚はまだ灯里のお腹の中にいて、ようやく性別がわかった頃だった。どんな子供になってほしいか、どんなふうに育てていこうかと意見を出し合った。灯里は元気に育ってくれればいいと言っていたが、俺はできれば人に迷惑を掛けない子に育ってほしいと願っていた。そうしたら彼女は少し悲しそうにした後、静かに俺を諭してきた。

『迷惑を掛けない子供なんていないよ。ううん、人って生きてたら誰かに迷惑や、心配を掛けちゃうものだよ。それを防ごうとするよりも、その分だけ今度は誰かを助けられる子になったらいいと思わない？』

俺はその言葉に頷いたが、心から呑み込めていたわけでもない。ただ灯里の考え方は美しいと感じたし、その通りになれば、そういう世界があったらなとも思った。

果たして俺は、灯里の望んだとおりに二瑚を育てられているのだろうか。二瑚はいい子だ。しかし時々、大人の――俺の顔色を窺っているのではないかと感じることもある。もっと子供らしくわがままに振る舞ってくれていいのだと思うが、一方でこんなふうに壁にぶち当たった時、もう少し二瑚が成長してくれたら解決するのに、などと考えてしまう自分もいた。

行き詰まった時、俺は縋《すが》るように灯里のアルバムを開く。彼女が撮影した幼い頃の二瑚や俺の写真を眺め、遺してくれたスープごはんのレシピを読み直していると、灯里が俺を助けに来てくれるんじゃないかと、そんな都合のいいことを思ってしまう。

灯里なら、二瑚のピーマン嫌いにどう向き合っただろうか。

「パパ、なにしてるの？」

寝室でアルバムを開いていた俺に、お昼寝から目覚めた二瑚が気づいたようだ。桔梗町までのピクニックで程よく疲れたらしく、家に帰ったらすぐに寝てしまった。それでも夕飯前にぱちっと目覚めるところはさすがだ。

「特になんにもしてないよ」

俺の答えに、二瑚は寝ぼけ眼でしばらく横になっていた。だが次第に目が覚めてきたのか、布団の上をごろごろし始めた。

「きょう、ばんごはんはなに？」

「そうだな……」

手にしていたアルバムをざっとめくって、よさそうなメニューを探してみる。いっぱい歩いて疲れた日にスープごはんはもってこいだ。だが偏食を直すのにはどうだろう。スープにとろみがあれば、二瑚が苦手だというピーマンの食感を緩和できそうな気もする。

『冷蔵庫の残り物野菜を片づけられる！　野菜たっぷりクラムチャウダー』

そんなキャプションに惹かれて、今夜のメニューは決まった。

灯里のレシピによれば作り方はごくシンプルだ。野菜を全て角切りにしてバターで炒め、しんなりしてきたらとろみ用の薄力粉を振り入れて全体的に馴染ませる。アサリの水煮缶を汁ごとと、牛乳、コンソメ、塩コショウ、そして粉チーズを加えて弱火で煮込めば完成だ。野菜はピーマンの他に玉ネギ、ニンジン、ジャガイモなどを入れてみた。ご飯もバターと塩コショウで軽く炒めて、そこにクラムチャウダーを掛ける。

二瑚はスープに浮かんだピーマンにいち早く気づき、ちらりと俺を見た。俺が黙って微笑むと、いただきますを言ってスプーンを握る。スプーンの先が数秒迷ったが、意を決したように角切りのピーマンを掬った。そして敢然と口に運ぶ。

「……うん」

もぐもぐとしながらそんな声を発した二瑚が、また俺を見やった。許しを貰おうとしているような顔だ。

「おいしい？」

あえて尋ねると、二瑚は唇を尖らせて答える。

「このスープごはん、にこはすき。すごくおいしい」

「よかった。ピーマンも食べられそうかな？」

「一つはたべたよ。ほら」

器を見せてのアピールに対し、俺はもう一押ししてみた。

「もうちょっと食べられそうじゃないか？　ほら、あと一切れ」

「にこはたべたよ！　もうおしまい！」

強硬に言い張る二瑚をあの手この手で宥《なだ》めすかしてはみたものの、翻意《ほんい》させることは叶わなかった。まあ、昼も夜もピーマンを食べさせられたのでは『もうおしまい』と言いたくなる気持ちもわかる。クラムチャウダー自体は気に入ったらしく、ピーマンをきれいに避けた上で完食していたので、これはいよいよ手詰まりだ。


灯里がいない以上、他の誰かに相談するしかなかった。

もちろん友達のいない俺に相談相手の候補は多くない。板倉先生はいつも忙しそうで、相談を持ちかける暇はなさそうだ。自治体の教育相談も調べてはみたのだが、いじめや不登校、発達といった相談事が主《おも》らしく、そういう深刻であろう悩みに比べると偏食は親の責任だという気がして持ち掛けにくい。

俺が知る中で一番育児に詳しい人といえば東京のお義母さんだが、あの人にはあれほどお世話になった手前、これ以上の心労を掛けたくなかった。

かといってうちの母が育児の相談に乗ってくれるとは思えない。

今のところ、母とは写真共有アプリでしか接点がなかった。送った写真に既読がつけば元気でいるのだろうとわかる、という具合だ。同じ市内とはいえ函館山の麓にある青柳町に住む俺たちと、五稜郭公園の向こう、本通に家を借りて暮らす母とでは偶然行き会う機会もない。昔から用もないのに電話を掛けられる仲ではなく、灯里と結婚するから挨拶に行くと言った時でさえ億劫《おっくう》そうにされた。

『いいよ、来なくて。わざわざ面倒でしょ?』

とはいえ灯里は会いたがっていたし、失礼のないようにと灯里のお父さんまで乗り込んできそうな勢いだったから、俺は灯里を連れて函館で母と会った。母は相変わらずの塩対応だったが、邪険にされなかっただけましだったのだと思う。灯里と母が会ったのはその時の一度だけだ。結婚式は招待状を出したものの欠席の返事が来ていたし、次に会ったのは灯里の葬儀の日だった。

今更、母との関係が改善できるという気はしない。相談を持ちかけたところで母は頼られて嬉しいとは思わないだろうし、むしろ迷惑がるはずだ。ただもし――俺に何かよくないことがあった時、二瑚が頼れる相手であってほしいとは思っている。そういう意味で、俺は母と没交渉にはなりたくなかった。

スマホを持って三十分間考え込んだ後、俺はご機嫌伺いという名目で母の番号を選択した。

『……何、どうしたの』

母の第一声は不審そうだった。あまりよくない連絡だと思ったようだ。

「用は特にないよ。元気にしてるかなと思って」

『まあ、変わりはないよ。仮に入院するとでもなったら、あんたのところにも電話いくだろうからね』

五十を過ぎた母に健康面での不安はないらしい。とはいえ一人暮らしで心配事はないのかとも思うのだが、母は独りのほうがずっと気楽で自由だと昔言っていたことがある。

『あんたはどうなの。二瑚ちゃん、ちょっとはこっちに慣れたの?』

そう尋ねられたので、渡りに船とばかり相談してみた。

「二人とも元気でやってるよ。ただちょっと、二瑚は偏食が直らなくて——」

『甘やかして育てたんでしょ、どうせ』

母はそんな言葉で、俺の話を遮《さえぎ》ってみせる。

『子供なんて放っておけば育つんだから、少しは突き放しなさい。あんただってそうでしょ? 親がさして手を掛けなくても健康に育って、なんでも食べるようになったじゃない』

子育てについて、母は昔からそういう持論の持ち主だった。それで俺を立派に育てたと考えているようだ。実際の俺が立派かどうかは判断に迷うところだが、放置されていたからこそ自発的に料理を覚え、大体のものは食べられるようになったというのも事実だ。母は料理をしたがらない人だったし、そんなに食費を貰っていたわけでもないから、食べたいものがあれば作るしかなかった。

でも、そんな生活を二瑚にも送らせたいとは思わない。甘やかして育てる、というのがどこまでの範疇《はんちゅう》を指すのかもわからないものの、二瑚にはいつも笑顔で、幸せであってほしかった。偏食を直したいのはその笑顔が将来的に曇ることがないようにという思いからだ。

「まあ、やってみるよ」

俺は曖昧に答えて電話を切った。母の言うことが正しいとは思わない。でも否定するのは自分自身を否定するような気もなり、真っ向から反論はできなかった。

となれば残る相談できる当ては一つだけ、職場の皆さんだ。

ストライクデザインの人たちは子持ちではないが、当たり前のように子供だったことはある。みんな優しくていい人たちだし、自分で言うのもなんだが真っ当な家庭で育っていない俺よりも偏食についての対策をよくわかっていそうだ。

「いろいろやったんですが娘の好き嫌いが直らなくて。何かいいアイディアをお持ちでしたら教えてください」

昼休憩の際、お弁当を食べながら居合わせた皆さんに話を振った。

本日のお弁当は二瑚が食べてくれなかったピーマンを片づけるべく、ピーマン飯にしている。イカ飯のようにピーマンにご飯を詰め込んで焼き上げたもので、ご飯はツナ缶と醤油、オイスターソースを混ぜてあった。やはり油分とピーマンの相性は最高で、食べ応えもありジューシーさも楽しめるいいおかずになっている。

こんなに美味しいものを食べられないなんて、もったいないとすら思うのだが。

「好き嫌いか……俺も昔はいくらかあったけどな」

蓮見さんが頷く横で、及川さんが顔を顰めた。

「給食の時間とか辛かったよね。昼休みも残されてた」

それで月舘さんも嫌な記憶を掘り起こしたように呻《うめ》く。

「ああ、私もですよ。完食できなくてよく泣いてました」

「子供なんて多かれ少なかれ偏食はあるもんです。うちのラムネだって」

清野さんまでそう言うので、偏食自体は別段珍しいものでもないというのが世間の認識らしい。とはいえ皆さん真剣に耳を傾けてくれるのがありがたい。

お弁当を食べつつ、俺は経緯も合わせて二瑚との試行錯誤を打ち明ける。

「『ピーマンがかわいそう』とか『農家の人が頑張って作ってるんだ』とかいろいろ言ってはみたんですけど、本人もそれはわかった上で食べられないみたいで」

「それ、俺も小さな頃はよく言われたよ」

蓮見さんがどこか嬉しそうに相槌を打ってきた。

「俺も気持ちの上ではわかってたけど、やっぱり子供の頃は苦手だったんだよな。ピーマンもそうだし、ナスとか玉ネギとか、残してばかりでよく叱られた」

その言葉通り、好き嫌いは誰もが通る道だ。みんな小さな頃には多かれ少なかれ苦手な食べ物がある。だが子供の個性が十人十色なように、好き嫌いにも個性が存在するものだ。二瑚の場合はピーマンの苦み、食感が苦手であって、それは気持ちに訴えたところでたやすく乗り越えられるものでもないらしい。

そこでふと、気づいたことがある。

「『子供の頃は』ってことは、蓮見さんは今、好き嫌いないんですね」

俺が指摘すると、彼もあっと声を上げた。

「そうだな。成長するにつれて自然と直ったような気がする」

「なんでだろうね。私もタクも、親戚の集まりでは偏食丸出しの子供だったのに、いつの間にやらなんでも食べるようになって……」

及川さんが不思議そうに首を傾げる。何のきっかけもなく直った、ということもあるようだ。

「大人になって食べてみたら、あれ意外と美味しい！　みたいなものはありましたね。牡蠣《かき》とか、ゴーヤとか」

月舘さんもそう言って、好き嫌いの自然治癒説を裏づける。

確かに、俺も十代の頃はレバーが苦手だった。その頃から自分で料理を作っていたが、レバーだけはどうしても美味しく調理ができず、パサつきが残ってしまいがちだった。しかし灯里が作ってくれたレバーのトマトスープは臭みもなく、鶏レバーがぷりぷりと柔らかくて、それからレバーの美味しい調理法を教えてもらって自分でも作るようになったのだ。

二瑚も今は味蕾が多いから苦手なものがあるだけで、大人になれば意外とあっさり食べられるようになるのかもしれない。

ただ、それまでの猶予期間をこども園やその先に待つ小学校が受け入れてくれるかといったら——学校にはいろんな先生がいるものだ。やっぱり直しておくに越したことはない。

「そういえば俺、偏食が酷《ひど》い子供だったんだけど」

蓮見さんが記憶を掘り起こそうとしてか眉根を寄せる。

「小学校の頃に一度、地域の子供会でキャンプに行ったんだよ。大沼公園《おおぬまこうえん》まで」

大沼公園とは、函館の市街地から北に三十キロほどの位置にある国定公園だ。駒ヶ《こま》岳《たけ》の噴火でできた大沼という湖の湖畔にキャンプ場、サイクリングロード、遊覧船などの設備が揃っている。

函館育ちの子供たちにとっては遠足、レクリエーション、キャンプなどで一度や二度は足を運ぶ場所だ。俺も学校行事で何度か行ったことがあり、特にいい思い出こそないものの、いくらかの郷愁を覚えた。

蓮見さんも懐かしそうにはにかんでいる。

「そこでバーベキューして野菜もいっぱい出されたんだけど、なんかいつもより平気で食べられたんだよな」

「『なんか食べれた』って、どういうことなの」

及川さんに突っ込まれ、蓮見さんもどこか釈然としない様子を見せた。

「いや、俺も不思議だったんだけどな。周りの子が結構よく食べてて流されたってのもあるし、大沼公園の景色がいいところで気持ちよかったのもあるし、あとはまあ純粋に、非日常の空気っていうのかな。家で食べるのとは違った楽しさがあって、そしたら不思議と野菜でもなんでもいけたんだよ」

「非日常……ですか」

この間、俺は二瑚と一緒にピクニックをした。だが行き先自体は畑と小さな公園で、非日常感は足りなかったかもしれない、いっそもっと空気の違う場所に――それこそ大沼公園あたりに出かけてみたらどうだろうか。

考え込む俺の横で、月舘さんがひらめいたように手を挙げる。

「なら、うちでバーベキュー大会やりませんか？」

彼女はこの頃、かつてないほどいきいきとしていた。推しだと言っていたゼロ・ユニティの東京公演に、宣言通り全通することができたからだろう。もちろんストライクデザイン一同で月舘さんの推し活を応援し、俺もいくらか彼女の仕事を引き受けたり、当番を代わったりして以前の恩返しをしている。

推し活でリフレッシュを果たしたらしい月舘さんは、パワフルな調子で続けた。

「気温も和らいできましたし、大沼公園なんて涼しくてちょうどいい時期じゃないですか。ここは青柳さんの娘さんのためにも、みんなでわいわいバーベキューして親睦深めるとかやりたいです！」

「いいですね！　大沼ならうちのラムネも連れていっていいですか？」

真っ先に清野さんが賛成の声を上げる。そういえば大沼公園では犬の散歩をしている人も多く見かけた覚えがあった。

「確かに、青柳が来てから歓迎会もしてなかったよな」

蓮見さんもその提案に乗り気の様子を見せる。

実は入社した際、歓迎会をやろうと言ってもらってはいたのだ。しかし二瑚を抱える俺はもちろん飲み会になんて出られないし、二瑚を連れていくにしても当時はまだ人見知りが直りきっていなかった。どちらにせよ迷惑を掛けるだろうからと固辞した経緯がある。

だが二瑚もこども園で揉《も》まれて大分慣れてきた様子があるし、今なら大丈夫だろう。まだ大沼公園には連れて行ったことがなかったし、何より偏食を直せるいいきっかけになるかもしれない。

「そういうことでしたら、俺も二瑚を大沼に連れていきたいです」

俺も続いて要望を出すと、蓮見さんはいよいよ活気づいたようだ。楽しそうに頷いてみせた。

「よし、じゃあ計画立ててみるか。全員の希望が出揃ったら日程とか詰めていこう」

そんな感じで、バーベキューの計画はとんとん拍子に進んだ。十月の週末に催されることとなった。

肝心の二瑚は、『バーベキュー』という単語をテレビか何かで知っていたようだ。その話をしたら身振りつきで反応を示した。

「にこしってる。バーベキューって、おにくをおそとでやくんだよ」

串に刺した肉をひっくり返すような仕草をする二瑚に、これはチャンスだと俺も畳みかける。

「そうそう、よく知ってたね。パパの会社の人たちと行くんだけど、二瑚もどうかな」

「いきたい！」

かくして二瑚は初めてのバーベキューの機会を得て、俺は二瑚のピーマン嫌いを直せるかもしれない絶好のチャンスを迎えたのだった。

十月の第二土曜日、俺は二瑚と一緒にまた函館駅から電車に乗った。

函館本線、各駅停車の長万部《おしゃまんべ》行きは朝早くだというのにそこそこ人が乗っている。きっと行楽日和《ひより》の快晴だからだろう。観光客らしき人や、外国の人の姿もちらほらあった。大沼公園駅までは六駅、三十分くらいで着く予定だ。

二瑚は二人掛けの座席の窓側に座り、外の景色と俺の顔とを代わるがわる眺めている。見るからにはしゃいだ様子で、時々車窓から見えたものを俺に報告してきた。

「パパ、『おおなかやま』ってかいてある」

駅名標を読み上げる声が普段より大きかったので、理解はしつつも俺はしいっとそれを制する。

「小さな声で話そう。……大沼公園まではあと三つだよ」

「じゃあ、もうすぐつくね」

それで二瑚も声を潜めてそう応じた。

職場の人たちは皆、自家用車で行くという話だ。蓮見さんは及川さんを乗せていくそうで、俺たちにも一緒にどうかと声を掛けてくれたのだが、チャイルドシートを載せてもらわないといけない上、二瑚が途中でご機嫌を損ねる可能性もあったので遠慮した。だがこうしておりこうに座っている姿を見ると、さすがにもうぐずる心配はしなくていいのかなという気がする。

「ちゃんと静かにできて偉いね。さすがはお姉さんだ」

「うん。にこ、もう四さいだからね」

十月を迎え、二瑚は四歳になっていた。誕生日当日にはケーキを買ってささやかにお祝いをした。灯里のカメラにはその日の、一歩大人に近づいた素敵な笑顔が収まっている。

「えんで、おたんじょうかいをやるんだって。こんげつはにこたちのばんだよ」

二瑚はさっきよりも小さな声で話した。

こども園ではその月生まれの子供のために、お祝いの席が月一で開かれるらしい。俺もお迎えの際にちらっと見たのだが、教室には十月生まれの子供たちの名前が貼り出されていて、そこに二瑚の名前もちゃんとあった。

「お誕生会ってどんなことをするの？」

「ステージにあがって、いすにすわる。それでせんせいがインタビューする」

「インタビュー？　お誕生日の子に？」

「うん。『おおきくなったらなにになりたいですか？』って」

その質問に二瑚がどう答えるのかはとても興味深い。俺にとっては赤ちゃんの延長線上にいるような二瑚だが、最近では俺の知らない絵本や、友達が観ているというアニメ番組などの話をするようになった。瞬く間に広がっていく彼女の世界の中で、まだ見ぬ将来について一体どんな夢が描かれているのか、とても気になる。

「二瑚は大きくなったら何になりたいって言うつもり？」

予行演習のつもりで尋ねると、二瑚はたっぷり一駅分考え込んでから答えた。

「にこもなやんでるんだけど、ケーキをつくるひとがいい。ぱき……ぱきしえ？」

きっと誕生日に食べたケーキがよほど美味しかったのだろう。二瑚が生クリームのケーキを食べたのはあの日が初めてだった。

「パティシエか。いいね、立派な夢だと思うよ」

俺が誉めると二瑚は嬉しそうにはにかんだ。

ケーキ屋さんか。じゃあ今度、一緒にケーキ作りでもしてみようかな。ちょうどクリスマスもあるし、スポンジの土台と生クリーム、それにイチゴを買ってきて――そんな楽しいことを考えていたら、やがて電車はゆっくりと停まった。

大沼公園駅ではほとんどの乗客が共に降り、行列を作ってホームから駅舎へと向かう。俺と二瑚もその列に交じって改札を抜けた。二瑚は今日も駅員さんに挨拶をし、うきうきと駅舎の外へ出る。大沼公園駅のレトロデザインな木の扉の向こうには、タクシーが一台停まったロータリーと、公園へと続く石畳の道が続いていた。みんな同じ方向へ歩いていくので、十数年ぶりの俺も迷う心配はなさそうだ。

　歩く道すがら眺めた公園内の木々は、梢《こずえ》の方からじわりと紅葉していた。澄んだ湖水には木の葉のグラデーションが美しく映り込んでいる。湖に浮かぶ小さな島々には橋が架かっており、その下を白い遊覧船が優雅にくぐっていった。二瑚は目に映るものすべてを珍しがり、時々足を止めては俺に説明を求めたり、見入ったりと忙しそうだ。

　待ち合わせ場所は大沼湖畔のデイキャンプ場だった。蓮見さんが予約を入れてくれているので、俺たちはただ向かうだけでいい。目印に青いドームテントを立てておくと言っていたので、それを探して場内を歩く。キャンプ場内はいくらか混んでいて、既にテントを立てている人やレジャーシートを広げている人、東屋《あずまや》の下で休んでいる人など、行楽日和らしい賑わいだ。

「あおいテント！　あれかなあ？」

　やがて二瑚が指差した方向に、テントを立てようとしている蓮見さんや及川さんたちの姿が見えた。月舘さんが傍らで何か大きな紙を見ている。

「先にポールを通して、テントを立ち上げてからペグを打つ、って書いてありますよ」

「あっ、そうなんだ。じゃ一旦ペグ抜かないと……」

「事前に練習しておくべきだったね。ぶっつけ本番は難しいよ」

どうも苦労しているようだ。俺は二瑚の手を引き、近づいていって声を掛けた。

「おはようございます」

それでみんなが振り向き、口々に挨拶と笑顔を返してくれる。蓮見さんはわざわざ立ち上がり、二瑚の前に屈《かが》み込んでくれた。

「二瑚ちゃん、久し振りだね。おじさんのこと覚えてるかな？」

二瑚はびっくりしたようだったが、記憶にはちゃんと残っていたようだ。すぐに答えた。

「……おぼえてる」

「そっか、ありがとう。今日は美味しいものいっぱい食べようね」

「うん」

ぎこちなく頷く二瑚に蓮見さんが笑いかけると、二瑚もほんのちょっとだけ笑った。照れと気遣いが入り混じったような、大人びた表情だった。

今回のバーベキュー会に子供は二瑚一人きりだ。清野さんは飼っているパグ犬のラムネくんを連れてきていたから、総勢六人と一匹ということになる。そのうち男手は三人分しかないので、俺は率先してテント立てを手伝った。その間、二瑚は邪魔にならないように傍らで応援してくれた。

「パパがんばれ、パパがんばれ！」

声援のお蔭もあってどうにか無事にテントが立ち、入っていいよと言われた二瑚は靴を脱いで中に入る。内部は意外と広く、また天井も高くて俺が屈まなくても平気なほどだ。二瑚はテントが気に入ったのか、隅の方に座って嬉しそうにしていた。

「すごいね、ひみつきちみたい」

その顔も、しっかり写真に撮っておく。

「風除《よ》けにもいいね。外にずっといると涼しいかもしれないから」

空はよく晴れていたが、大沼の湖面を渡る風はいくらかひんやりしていた。湖水に映る木々は梢の方だけがほんのり色づいた薄紅葉《もみじ》だ。もう少しすれば見頃を迎え、森そのものが美しい赤や金色に染まるのだろう。森の木々の向こうに覗く駒ケ岳は、既に例年通りの初冠雪《かんせつ》を迎えている。

テントの準備で大分時間を食ってしまったので、バーベキューの準備も早めに進めることとなった。コンロや鉄板、メインの食材などは蓮見さんたちが準備してくれている。俺は二瑚のおやつやおにぎり、寒くなってきた時のためのスープなどを用意していた。

不燃シートを広げた上にコンロを置く。ガスボンベをセットしてコンロを点火したら鉄板に牛脂を塗り、まずは野菜から焼いた。ラインナップはキャベツ、カボチャ、アスパラガス、それに茹《ゆ》でたトウモロコシなどだ。俺のリクエストでピーマンも入れてもらった。バーベキューでテンションが上がっている二瑚に、あわよくばいろいろ食べてもらおうという魂胆《こんたん》だ。

それ以外の具はウインナーにベーコン、ボイルホタテ、それとやっぱりラム肉だった。ジンギスカンという名目ではなかったのだが、なんだかんだラム肉がないと始まらないとみんなが主張したようだ。東京暮らしが長かった俺には逆に新鮮だったが、そういえば二瑚もラム肉は食べたことがない。果たして口に合うだろうか。

「二瑚はどれを食べたい？」

じゅうじゅうと音を立て、いい匂いも漂わせ始めた鉄板を、二瑚は遠巻きにして眺めている。俺が声を掛けると近づいてきて、鉄板の上を覗き込んだ。

「えっと……くしにさしてあるのがいい」

鉄板の上には野菜を串刺しにしたものと、ばらばらのまま焼いたものの二種類があった。串の方が食べやすいという人もいれば、野菜もジンタレや焼き肉のタレで食べたいという人もいたからだ。そんな自由度のバーベキューではあったが、二瑚は聞きかじっていた串焼きを試してみたいようだった。

「二瑚ちゃん、これがいいの？　取ってあげるね」

月舘さんがそう言って、お皿に串焼きを載せてくれる。

「ありがとう」

二瑚はお礼を言って両手で受け取ると、椅子に座ってまずお皿を眺めた。上からウインナー、ピーマン、角切りベーコン、輪切りのナスとトウモロコシという布陣の串は二瑚にとってまさに理想的だったようだ。見てみたかったものを目の当たりにしたという顔で、しばらくじっと見入っている。

「二瑚のイメージ通りだった？」

「うん。テレビでみたのはこういうのだった！」

毎朝、忙しい時間の子守をテレビに任せていることには罪悪感も持っていたのだが、食育という点では捨てたものではないようだ。二瑚はふうふうと息を吹きかけ、まずはウインナーから齧りついた。ぱりっと皮の弾《はじ》ける音がして、あち、と声を漏らしつつ一口食べる。

「おいしい！」

「あっ、よかった！」

とっさに上がった声に、月舘さんがぱっと明るい顔をした。すぐに蓮見さんに向かって叫ぶ。

「社長！　二瑚ちゃんの『美味しい』いただきました！」

「やった！　どんどん食べてね！」

蓮見さんも実に嬉しそうだ。張り切って鉄板の上に追加の串焼きを並べ出した。

みんなに見守られながら二瑚はウインナーを食べ終え、次のピーマンに取り掛かる。こんがり焼き目がつけてあるピーマンは俺には美味しそうに見えたが、二瑚はちょっとためらいがちに小さく食べてみせた。

「どう？　バーベキューのピーマンは」

俺が尋ねると、二瑚はちょっと首を傾げる。

「なんか、たべれるかも。いつもよりにがくない」

もしかするとそれは大人に囲まれて、緊張しながら発した建前かもしれない。あるいは山から吹き下ろす澄んだ風と美しい景色、そして初めて食べる串焼きの新鮮さがいい調味料となったのかもしれない。どちらにせよ、二瑚がピーマンを食べて前向きなコメントを述べたことは大きな進歩だ。

「すごいな、二瑚。ちゃんと食べれるようになったのか」

俺は一口食べる度に欠かさず誉め、ついでに串にかぶりつく姿も写真に撮った。それから俺自身もバーベキューに取り掛かる。

大自然の中で食べる肉や野菜は格別の味わいだった。久々に食べたラム肉は懐かしくも美味しかったし、鉄板で焼いたトウモロコシはひときわ甘く感じられる。俺もバーベキューなんて前の職場で行って以来だが、今日は二瑚と一緒でとても楽しい。

広いキャンプ場のあちらこちらで肉が焼ける煙が上がり、風に流されていった。どこのグループも大盛り上がりのようで、時折楽しそうな笑い声がほうぼうから聞こえてくる。もちろんうちも例外ではない。

「こんなに楽しいならもっと早くやっとくんでしたね、バーベキュー」

「うちはインドア派ばかりだからなあ。腰が重すぎたな」

「次来る時までにテントの立て方、練習しておかないとね」

月舘さん、蓮見さん、及川さんが笑いながら肉や野菜を食べている。清野さんは連れてきた愛犬にごはんをあげ、至福の表情で目を細めていた。のどかで平和なひと時だ。

「パパ、にこはごはんもたべたい」

串焼きを見事食べ終えた二瑚が、今度はそうねだってきた。出かける前に俺がおにぎりを作っていたことを思い出したのだろう。

「いいよ。おにぎりで食べる？　それともスープごはんがいい？」

「スープごはん！」

それで俺は持ってきた器に具なしのおにぎりを入れ、スープジャーからスープを注いであげる。本日のスープは先日も作った、次第に寒くなっていく時期にぴったりのクラムチャウダーだ。

だ。

ックのスプーンを握り、スープの中のおにぎりを少し崩して、スープと共に口に運ん
「はい、どうぞ」

器を手渡してやると、二瑚はまたふうふうと冷まし作業に入る。それからプラスチ
ックのスプーンを握り、スープの中のおにぎりを少し崩して、スープと共に口に運ん
だ。

「これ、このあいだもたべたスープだ」

「クラムチャウダーっていうんだよ」

「にこ、このあじがすき。あったかくて、おいしいもん」

ご満悦の表情を浮かべる二瑚は、スープに浮かんでいる角切りのピーマンにも気づいているはずだった。しかし除けるどころか何も言わずに食べている。これもバーベキュー効果だろうか、だとしたら大したご利益だ。

「二瑚ちゃん、おしゃれな食べ方するんだね」

蓮見さんが二瑚のクラムチャウダーごはんを見て、感心したように言った。

「スープごはん、好きでよく食べるんですよ」

「こうするとおいしいよ、おなかもあたたまるし」

俺の言葉に二瑚が続く。それで蓮見さんはすごく楽しそうに笑い出した。

「そうなんだ。おじさんも今度試してみようかな」

勤務中に見るのとはまた違う砕けた表情に、俺は一瞬、『実は灯里がよく作ってく

れたもので』などと言いかけそうになる。ただ、さすがに場違いな話題だろうと、とっさにスープを飲み込んだ。

灯里と、一度だけ相模湖《さがみこ》までキャンプに出かけたことがある。結婚前の話で、有体《ありてい》に言えばデートだった。俺は女性と二人で出かけたことがなくて、類《たぐい》まれなる気の利かない相手だっただろうと思う。それでも灯里は気にした様子もなく、慣れた様子でテントを立て、二人分の椅子を並べ、コッヘルでスープを温めてくれた。その手際の良さにキャンプが好きなのかと尋ねたら、彼女は謙遜するように微笑んだ。

『写真を撮りに来るだけかな。ただ、カメラが好きなんだ』

そして言葉通り、スープを飲み終えた灯里はカメラを携え、俺を伴って湖畔をぶらぶらと歩いた。十一月も半ばの頃で、相模湖周辺も一面真っ赤に紅葉していた。灯里はカメラで撮り、水辺の景色が特に好きなのだと言った。

『水辺の写真って不思議ときれいに撮れるの。湖もそうだし、海もそう』

灯里が函館に住んでいたら、週末の度に写真を撮りに行きたいと言っていたかもしれない。旅行じゃなくて暮らす街として、一緒に来られたらよかったのに。

そんな思い出に耽《ふけ》りながら、俺は職場の皆さんにもクラムチャウダーを振る舞い、俺自身もクラムチャウダーごはんを味わう。作ったのは二度目だが、あの日彼女が作ってくれたものとかなり近いものに仕上がったようだ。少し歯応えが残る野菜、小さなアサリから染み出る旨味、そしてスープの濃厚ながらも優しく、なめらかな味わいを俺たちは心ゆくまで味わった。

バーベキューの後は、みんなでボール遊びをした。といっても蓮見さんが先程言っていた通り、我が社は生粋のインドア派揃いだ。底なしの体力を持っているのは二瑚と清野さん家のラムネくんだけで、大人たちは入れ代わり立ち代わりで参戦しなければとても持たなかった。

「二瑚ちゃん、元気ですねえ。四歳の子ってあんなに体力あるんですね」

月舘さんがテントでへたり込みながら音を上げている。その傍らでは一抜けした蓮見さんが一生懸命呼吸を整えていた。

俺も情けなく休憩中だったが、父親として黙って休んでいるのでは格好がつかないとカメラだけは構えていた。今は清野さんが、二瑚に愛犬を撫でさせてくれているところだ。柔らかそうな犬の背に手を伸ばす二瑚の腰は明らかに引けていて、おっかなびっくり接しているのがわかる。

「遊んでいただいてありがとうございます」

俺が頭を下げると、月舘さんは首を横に振ってみせた。

「いいんですよ、楽しいですし。ちょっと自分の年齢感じちゃいましたけど」

そういえば月舘さんも俺と同い年だと聞いている。俺もこの夏で三十歳になり、二十代の頃と比べて大きな変化こそ感じないものの、これから大きくなっていく一方の二瑚にどこまでついていけるかという不安はあった。

灯里は二十代のままなのに、俺だけが三十になってしまったという寂しさもある。

「いいなあ、子供は。輝かしい未来があって」

蓮見さんは本気で羨ましそうな声を、息を弾ませつつ漏らした。

「俺なんて結婚もしてない、子供もいないで老いていく一方なのに……」

「それもいいじゃないですか。幸せの形は人それぞれですよ！」

推し活で充実している余裕なのか、月舘さんは明るく励ましている。

人それぞれというのは確かに、そうだなと思った。俺だって灯里に出会えてなければ間違いなく結婚できなかったはずだし、二瑚のような可愛い娘もいなかっただろう。

そうなっていたら、一人の部屋で静かに過ごすことと、毎日ご飯を作って食べられることだけを幸せだと思いながら過ごし続けていたはずだ。それはそれで充実していただろうが、娘がいる楽しさを覚えたらもう戻れない。

「パパ！　いぬさんにさわれた！」

二瑚が誇らしげな報告と共にこちらへ駆けてくる。

俺はそれを出迎えようと、残った力を振り絞って立ち上がった。

かくして二瑚のピーマン克服はバーベキュー会ともども成功した——ように思えたのだが。

普段の食卓では相変わらず、食べたり食べなかったり残したりと、安定しない食べっぷりを見せた。

「バーベキューのはおいしかったけど……」

二瑚はその理由を思案顔で答える。

「でもおうちでたべると、なんかにがい。しゃきっとするのもいや」

そう言って、一口チャレンジした後に諦めてしまうことが多かった。

「やっぱり、気分の問題か……」

俺は落ち込んだが、解決方法が全くないというわけではないのでそこは収穫と言えるだろう。ただ小学校入学までには直したいという目標もある。『バーベキューで気分を盛り上げる』以外の方法も見つけておかなくては、二年後までに間に合わないかもしれない。

もっとも、ピーマン一つ食べられなくても健康ならいいか、という気持ちもなくはなかった。親として甘いのかもしれないが野菜を全く食べないわけではないし、今のところ大きな病気もしていない。函館にもこども園にも慣れて、毎日元気に通って、遊んでくれているならそれでいいのではないかとも思ってしまう。偏食なんて些細なことだと思うのは、親のエゴだろうか。

灯里とは、せめて二瑚が生まれる前に『子供に好き嫌いがあったらどう対策するか』くらいは話し合っておくべきだった。灯里なら俺よりもっといいアイディアを思いついたかもしれないし、俺の手が回らないところをフォローしてくれただろうに。

そんな調子で多少思い悩んでいた俺だったが、少しだけいいこともあった。

ある日のお迎えで、板倉先生が俺に教えてくれたのだ。

「二瑚ちゃん、今日のお誕生会で『パパと一緒のデザイナーになりたいです』って言ってたんですよ」

お誕生会があることは二瑚から聞いていた。そこで将来なりたいものについてインタビューされるらしいということも。

だがいざ迎えた本番、二瑚の答えは予想外のものだった。

「え……そ、そうなんですか？」

うろたえてしまう俺に、板倉先生は微笑んで二瑚の顔を覗き込む。

「ね、二瑚ちゃん？」

「うん！」

二瑚はあっさりと頷き、続けた。

「にこもパパみたいに、みんなのうりたいものとか、しらせたいことのおてつだいがしたいっておもった！」

仕事のことを、二瑚にはほんの少し話しただけなのに——それでなくても説明が難しいデザイナーという職業を、わかってくれて、なりたいと思ってくれたのだろうか。

俺は込み上げてくる照れ笑いをごまかしきれなかった。先生の前だというのにだらしない顔をしながら、二瑚に言った。

「嬉しいな。二瑚がなりたいなら、パパは精一杯応援するよ」

心からの思いでそう告げると、二瑚も歯を見せて笑う。

「あとね、パパのかいしゃのひとたち、みんないいひとでたのしそうだから！」

それはもちろん、その通りだ。

もし本当に二瑚がデザイナーになるのなら、別に大きな会社じゃなくてもいい。それこそストライクデザインみたいに小さなところでいいから、雰囲気重視で選んでほしいと思う。働きやすさ、風通し、そして人間関係も大事な要素だ。もちろん待遇だって大事だが——まあ、まだ早い話か。

現に、先生に挨拶をして自転車で帰る道すがら、二瑚は後部座席からこうも言ったのだ。

「ぱきしえも、ちょっとなってみたいけど」

それを聞いて俺は微笑む。今度は照れではなく、もっと優しい気持ちからだ。

「なりたいものがいっぱいあるのもいいことだよ」

二瑚の世界はこれからまだまだ広がっていって、まさしく輝かしい未来が待っているはずだった。夢なんて持てるだけ持っておけばいい。その分だけ、大人になった時に子供時代を振り返って、幸せな気持ちになれるだろう。

4 思い出のカオマンガイ風雑炊

十二月になると、函館にも一面雪が降り積もった。

二瑚にとっては初めての積雪、雪遊びができる冬だ。俺は二瑚に防水の子供用手袋とピンクのアノラックを買ってあげた。これで凍えることなく雪うさぎでも、雪だるまでも作ることができる。

「パパ、かまくらってつくれる？　にこ、そこでおみかんたべたい！」

「かまくらを作るスペースはないよ……」

雪ならそれこそひと冬の間、かまくらなんていくらでも作れるほど降ってくるのだが、さすがにアパート暮らしではバルコニーに小さな雪だるまが関の山だ。それでも二瑚は雪遊びにすっかりハマったようだったし、俺はその姿を成果物ともどもカメラに収めた。

クリスマスには二人でケーキ作りをした。パティシエに憧れている二瑚は好き放題に生クリームを絞ったり、チョコペンで覚えたてのひらがなを書き連ねたりと、オリジナルケーキの制作を楽しんだようだ。元旦には谷地頭にある函館八幡宮《はこだてはちまんぐう》へ行き、初詣《はつもうで》も済ませてきた。そういった時節のイベントごとに俺は灯里のカメラを持ち出し、これまでに撮った写真は全て、写真共有アプリに送ってあった。三月に函館に来てからずっと、俺は撮った二瑚の写真を、特別写りのいいものばかり選りすぐりで送信している。それで東京のお義母さんはお誉めのメッセージをくれたし、年明けには年始の挨拶と共に電話をくれた。

『あけまして、おめでとうと……言っていいのかしらね。うちはとてもそんな空気ではないけど』

既に灯里の喪《も》は明けていたが、お義母さんは寂しそうに言う。

一周忌は身内だけでひっそりとやったそうだ。俺たちにも一応声を掛けてくれていたのだが、東京まで無理して来なくてもいいと言われていた。俺としても二瑚を抱えての長距離移動にはまだ不安要素があったし、手を合わせるなら函館でもできると思い、そうした。

『ごめんなさいね。本来なら和佐さんが施主であるべきなのに』

「いいえ。むしろこちらこそ、取り仕切っていただきありがとうございます」

俺の感謝に嘘はなかったが、お義母さんはそこで少し黙る。

それでこちらも、気になっていたことを尋ねた。

「お義父さんはお元気ですか？」

灯里の遺骨を引き渡した日以降、俺はお義父さんの声を聞いていない。写真共有アプリに載せた二瑚の写真にも、お義父さんからの既読はつかないままだ。

『少し、立ち直ってきたみたい。まだ塞ぎ込む日も多いけど……』

「それなら安心しました」

灯里のご両親と初めて会った時、本物の家族とはこういうものなのかと思った。明るく温かな空気が家中に満ち満ちていて、文字通り笑いの絶えない家庭がそこにあった。俺も灯里とこんな家庭を築けたらいいと、まるで夢のように考えていた。

だが灯里はいなくなり、お義父さんは悲しみに打ちひしがれたままだ。お義母さんだって完全に元の生活に戻れたというわけではないだろう。少なくともお義父さんが立ち直れないうちは『あけましておめでとう』などと口にはできないのかもしれない。

俺は二瑚を連れ、初詣に行ってきたことに、そしてその時の写真を送ってしまったことに後ろめたさを覚えた。灯里がこの世にいない以上めでたい正月なんてあるはずはないのに、ご両親の悼む心を踏みにじってしまったのではないかと不安にもなる。

だが俺の内心を読んだように、お義母さんはこう言ってくれた。

『和佐さんさえよければ、これからも二瑚ちゃんの写真を送ってちょうだいね。あの子、日に日に灯里に似てくるじゃない』

俺はすぐ傍でテレビを観ている二瑚の顔を横目で窺う。灯里に似ているとお義母さんは言ってくれたが、彼女の顔立ちはあいにく、どちらかというと父親似だった。灯里に似たら優しい雰囲気の美人になるはずなので、二瑚のためには似てくる方がいいだろう。

お義父さんとお義母さんも、その方が喜ぶのかもしれない。

「ええ。たくさん撮ってお送りします」

改めて約束した後、お義母さんの要望に従って二瑚にも少し話をさせた。テレビ電話に切り替えての会話で、久々に見たおばあちゃんの姿に二瑚は照れていたようだ。しかしすぐに慣れ、楽しくおしゃべりができていた。

「おばあちゃんとはなすの、ひさしぶりだったねえ」

電話の後、二瑚は興奮のためか頬を紅潮させて言う。

「そうだね。楽しかった？」

「うん！　またおばあちゃんともあいたいな」

無邪気なその言葉を叶えてあげられたらいいのだが、いつか会いに行ける日はくるだろうか。

ちなみに実の母にも年始の電話を掛けたものの、二瑚と挨拶をしてあげてほしいという申し出はけんもほろろに断られている。

『写真は見てるしそれで十分。元気そうでよかったじゃない』

実際、写真共有アプリは時たま見てくれているようだ。しかし相変わらず希薄な付き合いだと思いつつ、どこかほっとしている自分もいた。

やがて春が来て、道端に積まれた根雪が溶けるより早く、二瑚は年中さんになった。ついに身長が一メートルを超え、ごはんもたくさん食べるようになった。ピーマンは相変わらず食べたり食べなかったりとムラがあるものの、好き嫌いはぐっと減ってきたように思う。最近では箸の持ち方を覚え始め、ぽろぽろ零しながらもしっかり食べてみせるから驚きだ。

こども園の行き渋りはすっかりなくなっていた。制服も自分で着られるようになり、大きいボタンならちゃんと留められる。朝の慌ただしさはわずかにだが緩和され、俺もほっとしているところだった。

そんな二瑚に、園で仲のいいお友達ができたようだ。

「二瑚ちゃんのお父さん、こんばんは」

午後五時半、退勤後のお迎えに来た俺に声を掛けてきたのは『ひろあきくん』のママだった。苗字は知らない。ただ二瑚がそう呼ぶお友達がいるのは知っていて、お迎えの時間が被《かぶ》ることがよくあった。うちと同じで仕事帰りにそのまま立ち寄っているのか、いつもスーツ姿だ。

俺が挨拶を返すとひろあきくんママはにっこり笑い、それから先に立って園の門をくぐる。自転車を停めてから後に続けば、園舎に入ったところで二瑚がすっ飛んできた。


「パパ！　おつかれさま！」

「ありがとう、二瑚。今日も楽しかったかな」

「うん！」

脇目も振らずに飛びついてくる二瑚とは対照的に、ひろあきくんはママに抱き着いたりはしない。ちょっと斜に構えた態度でふらつきながら靴を履き替えている。

「ママ、ばんごはんカレーにしてくれた？」

「カレーは金曜日って言ってるでしょ。ほら、早く靴履いて」

「ええー！　おれカレーがいいっていったじゃん！」

ひろあきくんは歳相応に生意気なところもあるものの、言葉は二瑚よりもずっと大人びていた。ここ最近のちょっとした立ち話で、ひろあきくんは三人きょうだいの末っ子だという情報は得ている。やはりきょうだいがいると言葉の発達は早いものなのだろう。

二瑚も靴を履き、板倉先生に挨拶をする。それから、ひろあきくんにも手を振った。

「ひろあきくん、ばいばい」

「おう！　にこちゃん、またあしたな！」

ひろあきくんも手を振り返し、その横でひろあきくんママが頭を下げてくる。俺も頭を下げ、それから二瑚の手を引いて園を出た。

自転車に乗って青柳町へ向かう帰り道、二瑚が話すのはやはりひろあきくんのことだ。

「きょうね、ひろあきくんとゲームごっこしてあそんだ」

「ゲームごっこって？」

「ぶきをもってぼうけんするの。それで、てきをたおす」

なかなか勇敢な遊びに興じているようだった。二瑚の口から『武器』とか『敵』といった単語が飛び出てきたことにまず驚かされる。家での二瑚は平和なテレビ番組を観たり、人形で遊んだり、絵本を読んだりすることが多いので、武器を持って冒険する姿は俺には想像がつかなかった。

「ぶきはね、おりがみでつくった」

「へえ、どんな武器を作ったの？」

「けん。まほうのけんなんだって」

他の子の影響を受けて、二瑚の世界は更なる発展を迎えているようだ。素晴らしいことだと思う。

　こども園には他にも親しく遊ぶ子が何人かいると、板倉先生からは聞いていた。ただひろあきくんとは同じ年中で二号保育であること、更にお迎えの時間が近いこともあり、一緒にいる時間が長い分仲良くなったようだ。

　俺は友達がいない子供だったから――保育園時代の記憶はあやふやだから小学校での話だが、ともかく『また明日』と言える相手がいるのはいいことだ。そして二瑚にそんな友達ができたことが嬉しい。こども園での毎日も一層楽しいものになるはずだった。

「おうちかえったらパパにもつくってあげようか、ぶき」

「パパにも？　じゃあお願いしようかな」

　それで帰宅後、俺が夕飯を準備している間に二瑚は折り紙で工作をしていたようだ。武器を作るという話だったはずだが途中で気が変わったらしく、パクパク占いを作って俺を占ってくれた。それによれば明日の運勢は大吉とのことだ。明日もいい日になりそうだった。

「へえ、二瑚ちゃんに仲のいいお友達が」

　昼休憩中のダイニングキッチンにてその話をした途端、蓮見さんは我が事のように嬉しそうな顔をしてくれた。

「そうなんですよ、お蔭でここ最近は園に行くのが楽しいみたいで」

「いいことだよ。やっぱり友達がいるかいないかで気分も違ってくるものだからさ」

確かに二瑚の通園に対する姿勢はがらりと変わったようだ。朝は自分で起きられるようになり、寝る前には自発的に次の日の準備もする。通園カバンにおもちゃを忍ばせていることがあったので適宜チェックは必要なものの、友達がいるというモチベーションが二瑚を自立した幼児へと変えつつあった。

「俺も安心しました。二瑚が馴染めるかどうかが一番の心配でしたから」

父親としては函館に『連れてきてしまった』という負い目がある。こちらで友達ができ、楽しい思い出ができて、結果的にここに馴染めたらいい。二瑚にも函館に来てよかったと思ってもらえたらいいと、ずっとそう願ってきたのだ。

「二瑚ちゃんなら大丈夫だよ。すごくしっかりした子じゃないか」

蓮見さんが太鼓判を押してくれるのが、嬉しくも少しくすぐったい。それと同時に、この人の下で働けてよかったという気持ちも強くなった。

俺と二瑚が函館に暮らし始めたのも、蓮見さんが俺に声を掛けてくれ、ストライクデザインに迎え入れてくれたからだ。それがなければ俺たちはまだ東京でぐずぐずしていたかもしれないし、お義母さんに迷惑を掛け続けた挙句、行き詰まっていたかもしれない。そう思うと感謝しかなかった。

「全部蓮見さんのお蔭ですよ。本当にありがとうございます」

俺の感謝は、しかし蓮見さんからすれば唐突すぎたようだ。彼は目を白黒させて、それから頭を掻《か》いてみせる。

「いや、そんな……大袈裟《おおげさ》だよ。なんにもしてないって」

「蓮見さんがここに誘ってくれたからこうして二瑚もすくすく育ってますし、楽しい毎日を送れているんですよ」

心を込めて言ってみたつもりだったのだが、むしろ蓮見さんは居心地悪そうだ。苦笑いしながらこう返された。

「青柳の頑張りがあってこそだろ。父親が一人きりで育てるなんて簡単なことじゃない」

「それも蓮見さんのお蔭であって――」

「いいっていいって。もう十分伝わったから！」

蓮見さんがむず痒《がゆ》そうにしたので、さすがに俺もやめておくことにする。そわそわとサンドイッチを齧る彼を見て、居合わせた及川さんがくすくすと笑った。

「そんな照れることでもないのにね」

その言葉に蓮見さんはますます居心地悪そうにしていたし、清野さんもつられて笑う。テレビから流れるニュースも五号線で自損事故があったくらいで、さほど大きな事件もないようだ。午後一時の休憩室の空気は本日も穏やかで、平和だった。

　ただ今日、ここに月舘さんの姿はない。彼女は例によってゼロ・ユニティのライブに札幌《さっぽろ》まで出かけている。今回は近場だから交通費が浮く分、推しグッズをたくさん買える、と意気込んで退勤していったのが昨日の夕方のことだ。彼女が託していった業務のうち、印刷物のクライアントまでの配達は俺が請け負っており、休憩を終えて午後二時にはここを発《た》つ予定だ。

「そういえばタクは、青柳さんの結婚式でスピーチしたんでしょ？」

　及川さんが俺の方を見て話を振る。

「すごく短かったって聞いたんだけど、実際どうだったの？　ちゃんとできてた？」

「あ、いや、その話は……」

　途端に蓮見さんが顔を強張《こわば》らせ、制止に入ろうとした。多分、俺を気遣ってのことだろう。

　しかし俺としても灯里との結婚式はいい思い出だし、話すことに抵抗はなかった。蓮見さんにはらはらさせたくないのもあり、あえて明るく答える。

「ええ、見事なスピーチでしたよ。二分で締めくくってくれたんですから」

「二分!?　短すぎない？」

及川さんはびっくりした顔で従弟を見た。

「でもきっちりまとまったいいスピーチだって、俺は思いました。ああいうのはだらだらと長ったらしいのが一番よくないですからね」

灯里の上司に当たる営業部長のスピーチは、営業部員の計測によると十五分を超えたらしい。同僚たちからは『乾杯のグラスが乾くかと思った』とまで言われていたそうで、灯里の方が恐縮していた。

それに比べると蓮見さんのスピーチは非の打ちどころがなかった。職場でしか付き合いのない後輩のために引き受けてくれた上、無駄話はせず、俺と灯里の門出をシンプルに、しかし心から祝福してくれたのだ。他に頼める相手がいなかった俺としては、ただただ感謝しかなかった。

「確かに、結婚式のスピーチが短いと助かりますよね。長いとお腹空いてきますし」

清野さんも共感の声を上げる。

「前にドッグランで出会ったご夫婦の結婚式にお呼ばれしたんですけど、ペット同伴OKな式だったんでやっぱりスピーチは短めでしたよ。うちのラムネが我慢できるくらいにはさくさく進みました」

「へえ、ペット同伴の式もあるんですね」

俺も結婚式に出たのは一度だけ、しかも自分自身の式だったので、よその結婚式がどういうものかはよく知らない。ペットを飼ったことはないものの、動物がたくさんいる式というのもなかなか楽しそうに思える。

結婚式に呼ばれた経験がなく、そもそも式を挙げることに対するビジョンもなかった俺は、灯里と結婚する際も式はなしでいいと考えていた。父親は所在不明、母親とも就職後は年に一度連絡を取る程度の距離感で、呼べそうな相手がいなかったからというのもある。灯里も俺の考えを一旦は尊重してくれようとしたのだが、そこに待ったを掛けたのがお義父さんだった。

お義父さんからすれば結婚式も挙げられない男は信用ならないという自論らしく、確かにその言い分も一理あるなと我ながら思った。そこで半《なか》ば呆れた様子の灯里を逆に説き伏せ、小さな式を挙げることにしたのだ。俺が呼んだのは職場の同僚や直属の上司のみで、スピーチは蓮見さんにお願いした。他に頼める相手がいなかったから、快諾してもらえて本当に嬉しかったのも記憶に新しい。

つくづく蓮見さんには人生の節目節目でお世話になっていた。ストライクデザインの社員としてもそうだが、いつか個人的にも恩返しができたらと思う。

「俺もスピーチは初めてだったから、あんまり長引かせるのもよくないかなって……」

蓮見さんはもごもごと歯切れ悪く言った。彼のそういう口ぶりは函館に戻ってきてから初めて見たように思う。俺がちょっと笑うと、蓮見さんは困り顔で目を逸《そ》らした。

と、そこで電話が鳴った。

居合わせた全員が自分の電話を確認したが、鳴っていたのは俺のものだ。まさかまた園からの連絡だろうかと焦りを覚えたが、表示されていた名前は月舘さんだった。

『あっ、青柳さん！　月舘です』

第一声から彼女が慌てふためいているのがわかる。今時分なら札幌に着いているはずだが、どうしたのだろう。

『今日、リーフレットのお届けをお願いしてましたよね？　午後二時半に』

「ええ、請け負っていました。この後伺いますよ」

『それなんですが……ちょっと困った事態が起きまして……』

そもそも今回の依頼は、とある企業の周年イベントで配布するリーフレットやノベルティのデザインだった。リーフレットには新製品の紹介や開発に携わったスタッフの談話なども載せており、月舘さんは期日までにデザインを終え、クライアントから最終確認を貰い、印刷を昨日までに済ませた。ここまでは俺も引き継ぎを受けた際に聞いている。

しかし先程、企業側から月舘さんに連絡があり、なんと開発スタッフの一人が退職したため、急遽《きゅうきょ》誌面の差し替えをお願いしたいという。

「退職⁉　急な話ですね」

『実はその、内々にしておいてほしいそうですが、飲酒運転で捕まったとのことで――』

飲酒した状態で自損事故を起こした結果、警察に逮捕され、当該社員はそのまま退職したそうだ。彼はリーフレットに談話を載せている新製品開発スタッフの一人でもあったため、早急な差し替えをお願いしたいと頼み込まれたらしい。

『リーフレットを配布するイベントは今日ですし、何せ大事な周年イベントなのでどうにかしてほしいと泣きつかれまして……差し替え内容は先方が急ぎ作成するということなので、現地で修正の上、印刷までやっていただきたいと……』

外から掛けているのか、月舘さんの周囲は微かなざわめきに満ちていた。その中で彼女は居た堪《たま》れなさそうに声を絞り出している。

『その、私が受けた案件なのにすみません。まさかこんなことになるなんて……』

「いや、さすがに誰も予想できないですって」

俺も引き継ぎを受けた都合上、リーフレットの談話には目を通していた。どの社員も新製品開発の苦労ややりがいなどを熱く語っており、飲酒運転などするような人がいるとは思えなかったが――そんなことを言っている場合でもないか。

「わかりました。この後行って、対応してきます」

そう告げると、月舘さんは沈痛な声で応じた。

『あの、私、今から戻ってもいいですよ』

「そんな、大丈夫ですよ。お休みなんですから、ライブ楽しんできてください」

月舘さんはちゃんと休みを取っているし、そもそも札幌から戻ってくるのも最短で三時間以上はかかるから現実的ではない。そのくらいなら兼ねてからの楽しみを堪能《たんのう》してきてほしい。

『すみません、よろしくお願いします……！』

「ええ、お任せください」

『ありがとうございます！　青柳さんもお休み取る必要があったらいつでも言ってくださいね！　私、なんでもやりますから！』

いくらか気に病みつつ、最後は意気込んだ様子で月舘さんは宣言してきた。くしくも彼女に以前言われた通り、『持ちつ持たれつ』というやつだ。俺も今日は心して挑まなくてはならない。

電話を切った後、俺は心配そうにこちらを見ていた蓮見さんたちに事情を説明した。そして大急ぎでお弁当を片づけると、リーフレットやシール、そしてプリンターを営業車に積み込んで依頼主の元へ飛んでいった。

「まさかこんなことになるなんて……」

出迎えてくれた担当者は、まるで何日も寝ていないみたいにげっそりしていた。

俺が到着した時、周年イベントは開始二時間前という状況だった。ひとまずリーフレットとノベルティを納品し、それから修正箇所を照らし合わせてみたが、どうも上からシールを貼るだけではカバーできそうにない。そもそも退職の原因が飲酒運転では周年イベントに傷がつくことになるし、となると刷り直しをするしかないだろう。

「こちらで差し替えの文面は用意しておきました。これで刷り直していただけたらと……」

平謝りの担当者がそう言ってくれたので、まずはそのチェックから始めた。リーフレットの原稿から退職した社員の談話部分を切り取り、差し替える文面を貼りつけて微調整する。いくらか空きスペースができてしまったので提供していただいた新製品の写真で埋めた。修正原稿を担当者にも見てもらい、その後大急ぎで印刷に入る。

周年イベントは企業の敷地内で行われ、午後三時開場、立食パーティーは午後四時から開始という予定だった。工場の見学開放の他、パーティーでは会社のこれまでの歩みや手掛けてきたプロジェクトを紹介するムービー上映が行われるそうだ。件のリーフレットも本来は開場と共に配布スタートの予定だったのだが当然間に合わず、刷り終えたのは午後三時半だった。

それでも納品まで漕ぎつけたのは幸いだったが、この日のトラブルはそれだけではなかった。イベント来場者が想定よりも多く、配布するリーフレット及びノベルティがあっという間に枯渇してしまったのだ。

「どうも、マスコミ関係者や野次馬もいらしているようで……」

社員の一人がぼやいていたが、要は事故を起こした元社員について、何かしらの情報を得たいと来訪する者がまあまあいたらしい。せっかくの周年イベントは常にどこかしら騒がしく、異様な空気に包まれていた。そんな空気を肌で感じながら物陰でリーフレットやノベルティの追加印刷に追われた。俺も事故にだけは、特に社用車に乗る際は気をつけようと身の引き締まる思いだ。

イベントの終了時刻は午後六時とのことだったので、俺はそれがわかった時点でこども園に連絡を入れた。なんだかんだで最後まで付き合わされそうな雰囲気だったし、実際ノベルティは飛ぶように消えていき、最初は手帳だったものがノートになり、次に印刷できそうなものを社員が慌てて買いに行く混乱ぶりだった。とても抜けられそうにない。

途中、職場にも電話を掛けておいた。蓮見さんは外出中でいなかったので及川さんに事の次第を伝えておく。

『そこの会社も踏んだり蹴ったりだね。損害が大きくないといいけど……青柳さんは大丈夫？』

「ええ。とりあえず今日のところはやるだけやっておきます」

インク代やその他経費の精算はきっちりやるようにと念を押され、俺も心得て業務に戻った。

こども園の延長保育は午後七時までだ。それ以上の預かりは認められず、俺は確実に間に合うように戻らなくてはいけないのだが、イベントの進行は遅延気味で、途中から担当者もマスコミ対応に追われて戻って来なくなった。ただこんな状況でも月舘さんの顔を立てる手前、黙って抜けることだけはできない。

となると、二瑚のお迎えをどうするかという問題が生じる。お迎えに行けるのは俺か、緊急連絡先に名前を書いたうちの母だけだ。それ以外の人物が訪ねていっても引き渡しはできないルールになっていた。

怒られることを覚悟で、母に電話を掛け、二瑚の引き渡しを頼んでみることにする。

『……そういうの、やらないって言ったでしょ』

母はスマホのスピーカーを突き破りそうな溜息と共にそう言った。

「ごめんなさい。俺も頼まずに済めばいいと思ってたんだけど……」

『二瑚ちゃんだって私の顔見たら嫌がるよ。泣いたらどうすんの？　無理にでも連れていく？』

そうかもしれない、と思う。初対面の頃よりもお姉さんになった二瑚ではあるが、一度しか会ったことがなく、愛想もよくない祖母がお迎えに行ったら多分怖がることだろう。

だが、他に頼める相手がいないのだ。

「本当に申し訳ないけど、園が閉まる時間までに戻れそうにないんだ。なんとか七時過ぎに会社には戻れるようにする。母さんには十字街まで二瑚を連れてきてもらえたら助かる。経費は払うから」

俺が重ねて頼み込むと、母はまた深い溜息をつく。

『そりゃ懐いてくれる孫ならいくらでも行くけどね。一度しか会ってないじゃない』

こちらだって、会いたいと言ってくれるならいくらでも会わせたのに。年始の挨拶さえさせてくれなかった母に言われると、じゃあどうしたらよかったのかと思ってしまう。

「俺は二瑚にも慣れさせたいと思ってるよ。だって俺にもしものことがあったら、二瑚は、もう母さんしか頼める相手がいないんだ」

真剣に訴えると母はしばらく黙った後、気怠《けだる》そうに応じた。

『わかった。でも言っておくけど、あの子が泣き喚《わめ》いたからって私のせいにしないでね』

「ありがとう母さん、助かるよ」

俺だって、誰にも迷惑を掛けずに二瑚を育てたいと思っている。でもそれが叶わない時、どうしても誰かの手を借りなくてはいけない時にはこうして頭を下げなくてはならない。苦痛ではなかったが、子供の頃に戻ったような惨めな気持ちになった。

俺が十字街のオフィスに戻れたのは、午後七時半を回った頃だった。

想定していなかった事態にすっかりへとへとだったが、待っていた二瑚の顔を見たら疲れたとはとても口にできなかった。

二瑚は涙の乾ききっていない頬で、目を真っ赤にして来客椅子に座っていた。母はその傍らで仏頂面で立っており、蓮見さんと及川さんが二人の様子をはらはらと見守っている。俺が入っていくと蓮見さんたちがほっと安堵の表情を見せ、二瑚は弾かれたように立ち上がり駆け寄ってきた。

「二瑚、ごめんな。遅くなって」

「うん……」

消え入りそうな声で答えた二瑚が、静かに一度鼻を啜る。

俺はその頭を撫でてから顔を上げ、不機嫌そうな母にも詫びた。

「母さんもありがとう。それにごめん、面倒を掛けて」

「面倒なんてもんじゃなかったけどね。ああ疲れた」

うんざりした様子の母が肩を回しながらぼやく。仕事の後で一度帰宅していたのか、母はセーターにスカートという普段着姿だった。ただ明らかに疲れた様子ではあり、申し訳なさと後悔が募《つの》る。

「ごめんなさい、本当に……」

「二瑚ちゃん、私の顔を見たら動けなくなっちゃったの。先生が説明しておいてくれるって話だったはずだったのに、全然話通ってなくて、まずここまで連れてくるのが一苦労だったんだから。こういうのはぶっつけ本番でやるもんじゃないでしょ」

板倉先生には祖母が迎えに行くという連絡を入れておいたし、先生もそういうふうに二瑚に話しておいてくれるとのことだった。だが聞けば、二瑚は東京にいるおばあちゃんが来てくれるものだと思ったらしい。実際に現れたのは一度しか会ったことのない父方の祖母で、あまり友好的ではない様子の大人に連れられすっかり怯えてしまった、という経緯のようだ。

「急なことだったし、他に頼める相手もいなくて……申し訳なく思ってるよ」

二瑚を抱き締めながら俺は謝ったが、母はそれを拒むように手を振る。

「あんたはもう少し手の掛からない子だったけど、似なかったんだね」

「いや、二瑚はまだ四歳で――」

「躾の問題でしょ。その辺ちゃんとできてないうちは私に頼まないで」

それから母は蓮見さんと及川さんに会釈をすると、黙って外へ出ていった。その後ろ姿を見て、もしかしたらこれきりかもしれない、と思う。だからといって呼び止める気も起こらなかった。

「お、お疲れ様です……」

蓮見さんは小声で言い、母の車が出ていくのを俺の代わりに見送ってくれたようだ。その後に戻ってくると、俺を早口でねぎらう。

「青柳もお疲れ様。大変だったろ？　急な事態だったし、今回ばかりはしょうがないのに……なあ？」

「二瑚ちゃん、うちに来てからはすごくおりこうだったんだから」

及川さんもまるで庇《かば》うように言ってくれた。

だがむしろ、そういう気遣いが俺の自責の念を一層駆り立てる。二人にも随分迷惑を掛けてしまったと、俺は深く頭を下げた。

「すみません。職場で騒がしくしてしまったようで……」

「全然そんなことないから、大丈夫。気にするなって」

「とりあえずほら今日は帰って休んで、今後のことはまた話しましょう。ね？」

俺も謝罪したりない気持ちはあったが、定時はとっくに過ぎている。蓮見さんも及川さんも俺たちのために帰らず待っていてくれたのだし、ここでぐずぐずしているわけにもいかない。俺は二瑚を連れ、いつもより暗い夜道を自転車で帰った。

帰宅後、汚れた二瑚の顔を濡《ぬ》らしたタオルで拭いてやる。二瑚はおとなしくされるがままだったが、顔がきれいになると我を取り戻したように呟いた。

「にこ、あのおばあちゃんはこわい……」

その言葉が突き刺さるように痛い。

「ごめんな」

俺は今日何度目になるかわからない謝罪を二瑚にもして、それから言い訳のように続ける。

「あの人は、パパのお母さんなんだ。そうは見えないだろうけど……」

でもそれは、本当にただの言い訳だ。俺とあの人には今や血の繋がりがあるというだけだった。俺はどこかであの人をまだ母親だと思いたがっていて、何かのきっかけで親子らしくなれたらという願望すらあったのかもしれない。いざという時二瑚を安心して託せる人に、母がなってくれたらとさえ思っていたのだ。

だが母からすれば俺はやはり過去の汚点、負債、黒歴史に過ぎないのだろう。母は俺に手の掛からない子供であるように言い聞かせてきたし、俺も極力、人に迷惑を掛けないよう育ってきたつもりだ。高校を出た後、手に職をつけろと専門学校にまで行かせてもらって、それだけで十分な恩を受けた。これ以上母に何か期待してはいけない。

『迷惑を掛けない子供なんていないよ』

灯里はかつて、俺にそう言った。

『人って生きてたら誰かに迷惑や、心配を掛けちゃうものだよ。それを防ごうとするよりも、その分だけ今度は誰かを助けられる子になったらいいと思わない？』

俺はその言葉を理想的だと思ったが、同時に、俺はそうではなかったとも思った。

迷惑を掛けることを許され、愛されてきた灯里と、許されなかった俺との間に生まれた二瑚は、果たして灯里の望んだ理想的な世界で生きられるのだろうか。

「パパの、おかあさん……」

二瑚はそう呟いたが、理解するのは難しかったのかもしれない。それ以上は何も言わず、ただもう泣きもしなかった。

その夜はただ静かに過ぎた。二瑚は食事も取らずに寝てしまい、俺は夜中お腹が空いた時のためにと小さなおにぎりと味噌汁を作った。そして二瑚の寝息を聞きながら、眠れない夜を過ごした。昨夜のパクパク占いによれば今日は大吉だったはずなのだが、とんだ一日だった。

俺は手の掛からない子供だった、と母は言う。

でも俺は、二瑚には自分のようになってほしくなかった。

次の日、二瑚はいつも通りに起床した。結局昨夜は夕飯を食べなかったが、その分朝にいっぱい食べた。夜中に夢を見て起きるということもなく、登園準備もいつものように自ら済ませ、昨日の出来事も忘れたように元気よく登園していった。

俺もいつも通りに出勤したが、顔を出した途端、先に来ていた及川さんに呼び出された。休憩室まで来るように言われて従うと、及川さんは椅子を二脚引いて俺にも座るよう勧めた。

それで俺が席に着くと、彼女は言いにくそうに口を開く。

「あのね、差し出がましい話かもしれないけど……」

言葉とは裏腹に、遠慮がちな口調だった。

「こども園の緊急連絡先、私の名前を書くのはどうかなって。私なら青柳さんに何かあった時、代わりに迎えに行くくらいのことはできるでしょう」

思いがけない申し出だ。もちろんありがたい話ではあるが――。

「でも、さすがに……」

そこまで及川さんに頼むのは、と言いかけたが、続く言葉に遮られる。

「ほら、青柳さんが社外からなかなか戻って来られない時、うちの会社で預かっておくこともできるじゃない。それに私は二瑚ちゃんとも面識あるし、二瑚ちゃんはいい子だもの、『パパが来るまで待っててようね』って言えばちゃんと待てるはずだよ」

「いや、お気持ちは嬉しいんです。でも」

昨夜すらあんなに、散々迷惑を掛けてしまったのだ。これ以上のことがあれば職場にだって居づらくなる。俺はそう思っていたのだが、及川さんは断固としてかぶりを振った。

「元々、青柳さんはお子さんがいる事情込みでうちに来てもらったんだから。そのくらいはもう織り込み済み。遠慮しなくていいよ」

「そんな……」

親切にされると、どうしていいのかわからなくなる。ここは固辞しておく方が礼儀としては正しいのではないかと思えてきたところで、及川さんは種明かしをするように言った。

「言っておくけどこれは私の独断じゃなくて、タク――蓮見さんの考えだから。『青柳が居づらくならないようにそうすべきだ』って彼が昨日言ってて、私はその意見に賛成しただけ」

昨夜、俺と二瑚が帰った後のことだろうか。俺は虚を衝《つ》かれた思いで、ひとまずお礼を言った。

「あ、ありがとうございます。そうか、蓮見さんが……」

蓮見さんはずっと、それこそ俺が函館に戻ってくる前から俺たち親子のことを気に掛け、手を尽くしてくれている。だがこうなるといよいよ恩を返しきれる気がしなくなってきた。

「東京でも仲良かったんでしょう？　あの子、あんまり東京にいた頃のことは話したがらないんだけど、青柳さんのことは時々話してたよ。いい人だって」

仲が良かった、というと少し違う。俺と蓮見さんはあくまで職場だけの付き合いで、東京にいた頃はむしろ今より会話の数も多くなかった。ただ俺にとっては灯里に出会う前のあの会社で、唯一普通に話せた相手だった。大卒ではない俺はあの会社ではやや肩身が狭かったのだ。

蓮見さんにとってはどうだったのだろう。彼が従姉にすら東京時代の話をしたがらない理由はうっすらとわかる。そんな中で俺が蓮見さんにとって『いい人』に映っていたのなら嬉しい。

「蓮見さんには昔から今まで、お世話になりっぱなしですよ」

俺は背筋が伸びる思いで答え、更に続けた。

「緊急連絡先のこと、少し考えさせてください。お気持ちは嬉しかったですし、及川さんにも蓮見さんにも感謝しています」

「考えるなら、前向きにね」

念を押すように及川さんは言い、凜々《りり》しく微笑んだ。

「私もね、親が仕事忙しい人たちだったから、小さいうちはよく蓮見家に預けられてたの。それこそ叔父《おじ》の家が第二の我が家になってた。三つも年上の従姉なんて扱いづらい相手だろうに、タクは一緒に遊ぼうって声掛けてくれて、実際に遊んでくれて――そういう経緯があるからかな。私たち、二瑚ちゃんのことも他人事とは思えないのかも」

及川さんと蓮見さんからはきょうだいのような距離の近さを感じると常々思っていた。それは子供時代からの付き合いの深さあってこそなのだろう。蓮見さんは小さな頃から優しかったのだろうな、と密《ひそ》かに思う。

「あの頃は幼心にも歯がゆかったな。私一人で留守番できるのに、どうして叔父さん家のお世話にならなきゃいけないんだろうって生意気なことを思ってた。それでも遊び相手がいたから、最後はなんだかんだ楽しんで帰ってたけど」

俺はふと、行き渋りがあった頃の二瑚を思い出した。もしかすると似たような気持ちを、彼女も抱えていたのかもしれない。

「二瑚ちゃんだってあと二年もすれば小学生だし、更に何年かしたら青柳さんの負担も少しは軽くなるんじゃない？　その何年かの間だけ甘えると思って、気楽に頼んで」

先の見えなさに項垂れていた俺にとって、及川さんのその言葉は暗闇に射した光明のようだった。

二瑚もいつまでも小さな子供のままではない。彼女が成長し、自立するまで傍にいるのが親の務めだ。もちろんそれは永遠に続くことではないから、多分きついのは今だけなのだろう。今を乗り切れば、いつかは笑って振り返ることができる日がやってくるのかもしれない。

その時、俺も及川さんや蓮見さんと同じことが言えるようになりたい。灯里も望んでいたように、自分が助けられた分だけ誰かを助けられるようになりたい。

「――ありがとうございます」

俺が笑い返し、お礼を言った時だ。

ばたばたと明らかに慌てた様子の足音が聞こえたかと思うと、休憩室に飛び込んでくる人影があった。俺と及川さんが振り向いた先に現れたのは、髪を振り乱した月舘さんだ。

「つ、月舘さん！」

「あれ、どうしたの⁉」

二人して声を上げてしまったのも無理はない。月舘さんが観に行くライブは今日までの日程だった。休みも今日まで取っていたはずで、だから会社にはもちろん、函館にもいるはずがない。

月舘さんは片手にスーツケースを引きずり、もう片方に北海道銘菓の紙袋を提げている。そして俺を見るなり深々と頭を下げた。

「青柳さん！　昨日は本当にすみませんでした！」

「あ……ああ、そのことでしたら別に」

「私が仕事を頼んだばかりに余計な負担を増やしてしまって！　あの、ちゃんと定時に帰れました？　二瑚ちゃんがいるのに遅くなったら悪いなって」

その表情から察するに、相当気に病んでいるようだ。正直には答えづらい。

俺が口ごもったのを見て、及川さんが代わりに言った。

「えっと……昨日のことはどうにかなったから心配しないで。それより月舘さん、今日のライブは？」

それで月舘さんも決死の顔になる。

「どうしても心配、っていうか申し訳なくなっちゃって。チケット、知人に譲って夜行《ヤ》バス《コバ》で戻ってきたんです」

「ええ!?　よ、よかったの？」

「大丈夫です！　初日はしっかり堪能してきましたから！」

そうは言っても彼女の原動力であるはずの推しとの時間だというのに、本当によかったのだろうか。俺は心配になったが、月舘さんは尚も言い張る。

「同僚に仕事押しつけてライブ楽しむなんて、トーマに顔向けできませんから！」

そうして持っていた紙袋を勢いよくこちらに差し出した。

「これ、お詫びといってはなんですがお菓子です！　青柳さんは二瑚ちゃんの分も持ち帰ってくださいね！」

「あ、ありがとうございます」

感謝の言葉を、今朝だけで何度口にしただろう。

まだ先行きが全てクリアになったわけではないが、これだけは言える。俺はいい人たちに囲まれて仕事ができる、いい職場に来られたようだ。

ここで頑張って、これからも二瑚を育てていきたい。改めて思った。

月舘さんのお土産《みやげ》はバウムクーヘンだった。周りをぱりっとしたチョコで覆った有名なやつだ。二瑚の分もいただいたので、ちょうど明日は休みだし、時間のある時に一緒に食べようと思う。俺は二瑚の喜ぶ顔を想像しつつ退勤した。

午後五時半にこども園に着くと、今日もひろあきくんママと同じお迎え時間だった。軽く挨拶をしてから園舎へ向かうと、今日の二瑚は恐る恐るといった感じで顔を出す。

そして俺の顔を見た途端、安堵でとびきりの笑顔になった。

「パパ！」

飛び出してくる二瑚の後から、板倉先生がついてくる。先生は俺を見るなりはっとして、言葉を選ぶように切り出した。

「あの、お父さん。昨日のお祖母《ばあ》様のお迎えの件ですが……」

「ええ、その節はお手数をお掛けしました」

先生の態度からも、文字通りお手数を掛けたことはわかる。もう母に頼むことも、仮に頼んだとして来てくれることもないだろうが、先生にも改めて謝罪し、事情をかいつまんで説明しておいた。

「緊急時の二瑚の引き取りは、他の人にお願いしようと思っています」

そう話すと先生も察したようで、新しい緊急連絡先カードを持ってきてくれる。まだ少し迷っているが、やはり及川さんにお願いしてみよう。

二瑚が帰り支度を済ませ、靴を履き替えているのを見守っていると、

「おじさん！」

同じく帰り際のひろあきくんが、俺に声を掛けてきた。何かご用かなと振り向けば、彼は真面目に報告を始める。

「きのうのおむかえのとき、にこちゃんがないててかわいそうだった！」

「ちょっと……ひろあき！」

ひろあきくんママは慌てて止めに入っていたが、きっとひろあきくんは二瑚を案じて言ってくれたのだろう。

俺は彼の前に屈んで、正直に頷いた。

「そうだって聞いたよ。昨日はごめんね、おじさんは迎えに来れなかったんだ」

するとひろあきくんは大人ぶるように眉を顰《ひそ》めてみせる。そして腰に手を当てると、続けた。

「にこちゃんにもママがいたらよかったのにな。そしたらおむかえもママに――」

「ひろあき!」

さっきよりも尖った声で、ひろあきくんママが制止する。怒りよりも焦りが滲んだ声だった。

それでひろあきくんがびくりとし、こわごわと母親を振り返る。だがひろあきくんママは息子を引き寄せた後、俺に向かって言った。

「すみません、息子が失礼なことを申しまして……!」

「あ……いえ、大丈夫です」

失礼なこととは思わなかった。何を言われたのか、一瞬わからなかったほどだ。

だが俺の戸惑いを、ひろあきくんママは強いショックを受けたものだと読み取ってしまったようだ。泣きそうな顔で続けた。

「あの、決して普段からこういうことを言っているわけではないんです。物を知らないだけで……すみません、よく言い聞かせておきますので！」

「えっ、ママ……？」

叱られる予感にか身を竦《すく》めたひろあきくんを、ひろあきくんママはとっさに抱き上げ、失礼しますと言って逃げるように園庭を駆けていく。遠くから子供の泣き声が響いてきたが、それがひろあきくんのものかはわからなかった。

「ひろあきくん、どうしたの？」

当然ながら二瑚も訳がわからない様子だ。俺を見上げてそう尋ねてくる。

こういう時、なんと言ったらいいものだろう。

「うん……どうしたんだろうね」

お茶を濁すような言葉をもごもごと口にしただけの俺は、結局どうしようもなくなって二瑚を抱き上げる。そして気遣わしげな板倉先生に挨拶をして、ようやく園を出た。

二瑚を乗せて自転車で走りながら、いろんなことを考える。ひろあきくんの言葉にもちろん悪気はないだろう。彼の家はパパとママがいるから、パパが来られないならママが来ればいいのにと思って、そう言っただけだ。それがひろあきくんにとっての普通で、常識なのだろうし、世間的に見ても多数派に違いない。

恐らくひろあきくんのママは、ひろあきくんを叱るだろう。だがあまり強くは言わないでくれたらなと思うし、さっき謝られた時にそう言うべきだった、とも思う。二瑚にとっては大切なお友達だし、このせいで腫れ物に触るような扱いをされたら、逆に二瑚がかわいそうだ。

だがもし逆の立場なら——例えば二瑚が、自分の常識を当てはめて誰かを傷つけかねないことを言ってしまったら、俺は謝るだろうし二瑚に注意しなくてはならない。ひろあきくんママの気持ちもまたわかるのだ。

家に帰ってからも、園でのやり取りが頭を離れず、俺は少しぼんやりしていた。二瑚も思うところがあったのだろう。夕食の後、一緒にお風呂に入っている時に聞かれた。

「きょう、ひろあきくんはどうしていそいでかえっちゃったの？」

バスタブに張った湯の中は二瑚が持ち込んだお風呂用のおもちゃでいっぱいだ。ミニサイズのじょうろで水を撒《ま》きながら、二瑚は不思議そうな顔で水面を見つめている。

「どうして……か」

俺も親としてちゃんと説明するべきだと思うのだが、どう言えばいいのかわからない。だが濡れた髪の二瑚が流れる水滴を拭いながらこっちを見上げたので、覚悟を決めて口を開く。

「ひろあきくんのおうちには、パパとママがいるだろ？」

「うん」

「だからひろあきくんは、二瑚にもママがいるものだって思ったんだ。だけどうちにはパパしかいないから『ママがいたらよかったのに』って、言っちゃいけないことを言ったとひろあきくんママは考えたんだろうね。それはいけないよって注意するつもりで急いで帰ったんじゃないかな」

なるべく嚙みくだいて、易しく説明をしてみたつもりだ。

二瑚はじょうろを掲げた手を下ろし、バスタブの湯にそっと放した。考え込む彼女の前で、水面に浮かぶおもちゃの数々がぷかぷかと浮かんでいる。

「ひろあきくん、おこられる？」

「わからない、けど……相手に言ったらいけないことは、ちゃんと教えてもらった方がいいね」

でも、あんまり気にしないでもらえたらな、とも考えてしまう。ひろあきくんに悪気はない。二瑚や俺を傷つけようとしたわけでも、貶《けな》そうとしたわけでもないはずだ。

お風呂から上がり、まず二瑚をざっと拭いてやる。そして彼女の着替えを見届けた後でバスタブに浮かんだおもちゃを回収していると、脱衣所から二瑚の声がした。

「ひろあきくんはね、パパとママとおねえちゃんがふたりいるんだって」

「へえ」

子供同士でそういう会話をすることもあるのか。普段どんな話をしているのか、傍で身を潜めて聞いてみたくなる。

「でも、にこには、じぶんのおへやがある」

「……うん？」

二瑚はバスタオルを頭に被り、自分で髪を拭いていた。拭くというより半ば撫でているだけのようなものだが本人はとても一生懸命だ。

文脈が摑めない俺に、二瑚は尚も続けた。

「にこはママもおねえちゃんもいないけど、じぶんのおへやがあるよっていったら、ひろあきくんは『いいな』っていってた。ひろあきくんはおねえちゃんたちといっしょのおへやなんだって」

つまり、人にはそれぞれ持っているものと持っていないものがある。自分にとっては当たり前のように存在しているものが、誰かにとってはすぐ手に入らない、とても羨ましいものかもしれない。二瑚は四歳にして、それを理解しているということだろうか。

俺が驚いて二瑚を見返すと、彼女は髪を拭き終えたとジャッジを下したようだ。まだ水滴を滴らせたままリビングへ戻ろうとしたので慌てて引き留め、ドライヤーを掛けてあげた。温風に髪をなびかせ目をつむる二瑚の鏡越しの顔が、今日はなんだか哲学者のように見える。自分は世の中のことをちゃんとわかっているんだぞと誇っているようでさえあった。

髪を乾かした後、俺たちはリビングに戻る。寝る前にバウムクーヘンをあげるのはよくないだろうか、でも一口くらい味見をさせてもいいか――そんなことを考えていた俺に、二瑚は怪訝《けげん》そうな目を向けてきた。

「どうかした？」

尋ねてみたら、彼女は間を置かずに聞き返してくる。

「ここにも、むかしママがいたよね？」

俺は息を呑み、それから答えた。

「……いたよ」

「いまは？　にこのママってどこにいるの？」

「今は……いないんだ。二瑚のママはもういない」

いくら賢そうに見えていたとしても、四歳の子供に死の概念を教えるのは難しいことだろう。俺にはまだ上手く話せる自信がない。

二瑚も、これまでは自分の母親について尋ねてくることはなかった。灯里を亡くした直後は『ママ』と泣くこともあったのだが、いつの間にかその単語を口にしなくなっていた。覚えていないのか、忘れてしまったのだろうと思っていたし、思い出させるべきではないとも思っていた。

「もうあえないの？」

「もう会えない」

「ぜったい？」

「そうだね……絶対、会えない」

死んだら会えるのかもしれない、と考えたことはある。だが試みたことはないし、その答えを摑む日は誰にも一生訪れないだろう。死後の世界がどんなものか、そもそも存在しているのかさえ誰も知らない。

「そっかあ」

二瑚はいくらか落胆した様子だったが、悲しむそぶりまではなかった。

俺はそんな娘の頭を撫でる。

「二瑚はママのこと、覚えてる？」

「うーん、ちょっとだけ」

「どんなことを？」

「ママといっしょにねたことあるし、ごはんもたべた」

記憶は断片的だが、全く何もないわけではないようだ。そして心地よい記憶ばかりがあることを嬉しく感じる。

「パパは、二瑚がママのことを覚えていないのかもって思っていたよ。今まで何も聞かれなかったから」

俺がそう呟くと、二瑚は少しだけ俯いた。

「きいちゃだめなのかなっておもってた」

「そんなこと――」

とっさに反論しかけて、だがそれ以上言葉が続かない。

駄目だなんて言ったことはなかった。でも二瑚は俺の反応からそう読み取っていたのだろう。触れてはいけない話題なのだと、幼い心で判断して気を遣ってきたのだろう。

いつでも俺は二瑚に顔色を窺わせてばかりだ。子供らしく育ってほしい、俺のようになってほしくないと願い続けているくせに、現実では同じ思いばかり味わわせている。

打ちのめされた思いで俺は押し黙った。が、二瑚が心配そうにこちらを窺っているのに気づき、急いで笑顔を作る。この子にこれ以上、大人びた真似をさせてはいけない。

「二瑚、ママの写真を見てみる？」

「おしゃしんあるの？」

「ああ、ずっと昔に撮ったものだけど……」

俺の提案に、二瑚は間を置かず答える。

「みてみたい」

それで俺は寝室へ行き、ずっとしまい込んできた古いアルバムを取り出した。二瑚が生まれる前に灯里が作ったものだ。それを持ってリビングへと取って返す短い距離を、二瑚はずっと後ろからついてきた。

アルバムのタイトルには『旅行』とだけある。ページを開くと現れた一枚目の写真はどこか不服そうな灯里の自撮りだ。背景は空港のターミナルで、俺はそこが羽田空港だと知っている。

「これがママ？」

「そうだよ。顔は覚えてる？」

「うーん。でもにてるね」

似てるも何も本人だ。

この時の灯里はまだ二十四歳で、営業部に配属されて二年目の若手だった。長い髪を一つに結わえた真面目そのものいでたちで、旅行中も全く着飾る様子がなかった。

でもそれは、同じく若手だった俺も似たようなものだ。

アルバムは自撮りの他は異国の街並みばかりが写っている。三泊五日の社員旅行で、行き先はタイのプーケットだった。前勤めていた会社はこの頃が最も羽振りがよく、社員旅行が海外だと聞かされた時は驚いた。

「あ！　パパがいる！」

何ページ目かに差し掛かると、唐突に俺の写真が現れる。まだ日にも焼けていない、いかにも寝不足の顔をした俺が、それでも灯里のカメラに向かって愛想笑いを作っていた。

「これはママがとったの？」

「そうだよ」

「うまくとれてるね」

二瑚の誉め言葉を聞いたら、きっと灯里も喜んだことだろう。

実際、彼女のカメラの腕はよかった。プーケットで泊まった高層ホテルは足元のヤシの木も含めて全景を収めていたし、パトンビーチから眺めるエメラルドグリーンの海は発色もばっちりだ。象乗りツアーで出会ったアジアゾウは噴き上げる水しぶきまで美しく撮れていた。お店で食べたカオマンガイも、鶏肉の脂を吸ってつやつやに炊き上がった米の光沢、鶏肉にたっぷり掛けられたショウガダレの照りまで記憶の通りで、あの味が口の中に蘇ってくるようだ。

何より灯里の腕前が発揮されているのは、二人で行ったコーラル島の景色を撮った写真だった。故郷の雪景色みたいに真っ白な砂浜、波の静かな透き通った水面、ビーチから見えるほど岸近くに広がる美しい珊瑚礁《さんごしょう》と、そのままガイドブックに載せられそうな写真が続いている。

そんな美しい写真の合間合間に俺のぎこちない笑顔や灯里の自撮りを織り交ぜつつ、アルバムは帰りの機内で撮った二人のピースサイン、そして帰国後に灯里が作ったスープごはんのレシピメモで幕を閉じた。

「あ、ひこうきだ。パパとママもひこうきにのったんだね」

「そうだよ。会社の旅行でね、タイに行ったんだ」

「タイ？」

「日本から見て南西にある国で――どう説明したらいいのかな。外国なんだけど」

外国についての話は、まだ二瑚にはぴんと来ないようだ。見慣れない景色の写真をぱらぱらとめくった後で、コーラル島のバナナビーチの写真を指差し『うみ』と言った。

「きれいな海だろ？」

「うん。にこもパパとうみにいったよね、いりふねちょうのうみ」

「そうだった。あそこも楽しかったね」

「このうみもいってみたいな。あったかそう」

さすがに暖かさではタイのビーチの圧勝だろう。灯里も何度となく『もう一度行きたい』と言っていた。ただ、その約束が叶うことはなかった。

「これ、パパがつくったの？」

二瑚が次に指差したのは、美味しかったカオマンガイの写真だ。プーケットタウンにあったお店で食べた。

「いいや、お店で食べたよ。でも日本に帰ってきてから、ママがたまに作ってくれた」

レシピが残っているように、カオマンガイのすりおろしショウガがたっぷり入ったあのタレを、灯里はとても気に入ったようだ。彼女お得意のスープごはんにアレンジして、よく作ってくれた。俺も大好きだった。

そういえばあのカオマンガイ風雑炊は長い間ずっと食べていない。どんなメニューよりもはっきりと彼女との思い出が蘇るから――まだ結婚する前のことだった。あの時は、自分が結婚して子供を持つ未来も、その後灯里を失ってしまうことも、何一つ想像できなかった。

だがあれから時は経ち、二瑚は日々成長し続けている。俺も過去と、そして現実と向き合う時が来たのかもしれない。

「明日、作ってみようか。ママが得意だったごはん」

俺が持ちかけると、二瑚も嬉しそうな顔で返事をした。

「うん！　たべてみたい！」


土曜日になり、俺は二瑚を連れてスーパーへ出かけた。

カオマンガイ風雑炊にはなんといっても鶏肉が必要だ。それからたっぷりすりおろすためのショウガと、雑炊に添えるための彩り豊かな野菜たちも買う。灯里は付け合わせにパクチーを使っていたが、香りが独特な野菜は二瑚が食べられるかわからないので、今回は小松菜にしておいた。

雑炊は米から作る方が美味しいと灯里は言っていたし、俺も同意見だ。特にカオマンガイ風で作るなら鶏肉の旨味と脂をじっくり、均一に染み込ませたい。それでいて米の粒感も保てる雑炊に仕上げたかった。

帰宅後、手を洗って調理に取りかかる。

まずは米を研ぎ、ザルに上げて水気を切っておく。鶏肉は包丁で余分な脂を取り除いた後、軽く塩コショウを振っておく。小松菜も適度な長さに切ったら、炊飯器に米を入れ、鶏がらスープを注ぎ、その上に鶏肉と小松菜を並べる。なるべく平らになるように均《なら》すのがポイントだと灯里のレシピには書いてあった。

炊飯器のスイッチを入れたら、炊き上がるまでの間にショウガダレを作る。ショウガの皮を剝《む》き、必要な分だけすりおろすのだ。

「にこもやりたい」

いつもは俺が食事の支度をしていても気にしない二瑚だが、すりおろし器には興味を持ってしまった。しかし二瑚の小さな手にはまだ危ない。

「じゃあ、二瑚は別のお手伝いをしてもらおうかな。このミニトマトを洗って、ヘタを取ってほしい」

俺はさりげなく彼女を流し台へと誘導した。踏み台を持ってきてやると、二瑚は嬉しそうにそれに乗る。そして水を張ったボウルに浮かんだミニトマトからヘタをもぎ始めた。

「上手上手」

まだ紅葉みたいな二瑚の手が、一生懸命お手伝いをしている。つい俺まで手を止めて見守りたくなってしまう。

「にこ、じょうず?」

「ああ。お手伝いができるなんて偉いね」

「ひろあきくんも、おうちでおてつだいをしてるんだって」

なるほど、それでか。二瑚がお友達からいい影響を受けているようで喜ばしい。

俺も密かに夢見てはいたのだ。いつか二瑚と一緒に、こうしてキッチンに並んで料理ができる日が来たらいいなと――自論だが、生きていく上では多少なりとも料理ができた方がいい。作りたてのごはんで身体を温めることで、どうにか乗り越えられる夜もある。二瑚にもいつかは俺の手を離れる日が来るのだから、その時までには何かしら教えておきたい。

もっとも、今はミニトマトのヘタちぎりができればそれだけでよかった。二瑚はお手伝いが終わると満足したのか、ダイニングテーブルで絵本を読み始める。俺はミニトマトをザルに上げ、流し台に散らばったヘタを回収してからショウガダレの調味に戻った。

灯里のレシピによれば、醤油、酢、砂糖、そしてごま油とすりおろしショウガを加えてよく混ぜるだけでいいようだ。これだけで絶品のタレができあがる。あとは炊飯器が鳴るのを待つだけだ。ダイニングはおろか家中に鶏肉と米の炊けるいい匂いが漂っていた。

「あっ、できた！」

炊飯器が電子的なメロディを鳴らし、二瑚が歓声を上げる。

蓋を開けると、空腹を刺激する湯気が立ちのぼった。鶏肉は火が通ってふっくら仕上がっているし、小松菜も米も脂をよく吸ってつややかだ。俺は先に鶏肉を取り出し、キッチンバサミで食べやすく切り分ける。特に二瑚にあげる分は一口サイズになるよう切っておいた。

器に雑炊を盛り、その上に切った鶏肉と小松菜、それからミニトマトも添えた。最後にショウガダレをたっぷり掛けたら、ようやくカオマンガイ風雑炊が食べられる。

「いただきます！」

「いただきます」

二瑚は元気いっぱいに手を合わせ、俺も静かにそれに倣った。

久し振りに食べたカオマンガイ風雑炊は、記憶よりも和風の味わいだ。鶏肉の旨味をたっぷり吸った雑炊は、さらさらとした米の粒感が際立っていた。柔らかすぎず、それでいてスープの味が染みわたったごはんはスプーンの止め時がわからないほど美味しい。スープに溶けだした分だけ脂が落ちた鶏肉はあっさりしていて、その分ほろほろと柔らかかった。

パクチーもナンプラーも入れていないからエスニック感は少々弱い。ただすりおろしショウガ入りの醤油ダレは甘みと酸味がバランスよく、柔らかく炊けた鶏肉にも、くったりした小松菜にも、鶏の旨味が染み込んだ雑炊にも合う。生野菜も美味しく食べられるので、灯里はよくベビーリーフやキュウリも添えていたし、俺も今日はミニトマトを用意した。二瑚も美味しそうに食べてくれている。

「おいしい。これがママのごはん？」

今夜はいつも以上にいい食べっぷりだった。もしかすると二瑚なりに母親の味を知りたいと思い、味わおうとしているのかもしれない。

ショウガの香りを胸一杯吸い込むと、俺も懐かしさが嵐のように込み上げてきた。

「そうだよ、ママがよく作ってくれたカオマンガイ風雑炊だ」

「かおまんがい」

二瑚は機械的に復唱した後、馴染みのない単語に首を傾げる。

「それって、えいご？」

「タイ語だよ」

「たいご……」

そのうち地球儀や世界地図を買って、二瑚にもいろいろ教えてあげたい。俺だって海外に出かけたのは社員旅行の一度きりだが、得るものの多い旅だった。

俺が入社して四年目のことだ。その年の社員旅行の行き先がタイのプーケットだと聞いた時は驚いたものの、入社以来不参加を続けていたので正直参加する気はなかった。しかし、当時の上司に『海外に行く以上、若手は全員参加だ』と言われて仕方なく行くことにした。まあ俺みたいな人間はこんな機会でもなければ海外なんて行かないだろうと思ったのだが、あの頃社内で唯一話せる相手だった蓮見さんはなんと不参加だった。

『若手は全員参加じゃなかったんですか？』

そう尋ねた時、蓮見さんが浮かべた同情めいた顔を今でも覚えている。

自腹で決して安くないパスポートを作り、浮かない気分で旅支度をした。深夜の羽田空港に集められ、ろくに眠れないままタイに到着した。現地では俺は予告なくカメラ係を言い渡された。ツアーでアクティビティや観光を楽しむ他の社員たちを漏らさず撮影して回るという役割だ。自分のスマホにそんな写真を入れたくはなかったのだが、入社四年目で味方もいない俺に反論は許されなかった。

一方、当時二年目だった灯里も営業部のカメラ係を拝命していた。俺と彼女はお互いに仏頂面で写真を撮っているところを見かけて知り合い、上司や先輩の目を盗んで愚痴を零し合った。

『こんなのくだらない。私は珊瑚礁が撮りたかったのに』

灯里はその頃から立派な自前の一眼レフを持っていた。せっかくのいいカメラで撮りたいものも撮れない旅行に不満げだった。旅行三日目にはその不満が爆発したようで、俺を見かけるなり駆け寄ってきてまくし立てた。

『もうやだ。全部ほっぽり出してコーラル島に行きたい』

どうやら写真写りについて誰かに駄目出しをされたらしかった。それで俺が、もうサボったっていいんじゃないかと勧めたら、どこか恨めしそうに言われた。

『でもちゃんと撮らないと文句言われるじゃない』

『ちゃんと撮っても文句を言われてるよ。一緒だよ』

彼女の写真はいつでも上手だった。きっとよく撮れすぎて、誰かの見つけてほしくない粗《あら》まで写ってしまったのだろう。

それで灯里はまるで天啓を受けたような顔をして、俺に言った。

『じゃあ行こうよ、青柳さんも』

『俺も⁉』

『共犯になって。私一人で怒られるよりはマシだから』

正直に言えば、俺もレンズ越しに見ているだけのカメラ係には飽き飽きしていた。ほんの少しの反抗心もあった。だから数秒後には頷いていた。

朝のうちにツアーを申し込んで、プーケットから逃げるみたいにモーターボートに乗った。行き先は彼女が行きたがっていたコーラル島だ。念願の景色を目にして灯里は感動に打ち震えていたし、まるで駆り立てられるように始終シャッターを切っていた。俺は何の前知識もないままついてきただけなので、彼女に一日付き合うことにした。それほど人のいないビーチを散歩して、木陰のデッキベンチでただのんびりと過ごした。浅瀬で珊瑚礁の写真を撮り、二人でランチを食べた。灯里はこの旅行で初めて笑顔を見せていて、きれいな人だったんだなと、その時思った。

プーケットに戻ったのは陽が落ちる前で、カメラ係のサボりについて予想していた程度のお叱りはあった。だがもう俺も灯里もそんなものは気にしなくなっていて、タイを離れる前の最後のランチも一緒に行った。灯里はプーケットで食べたカオマンガイを絶賛し、日本に帰ったら自分でも作りたいと言っていた。

『これもスープごはんにしたら美味しいと思うんだ』

灯里が得意料理について教えてくれたのもその時だ。

スープごはんとは何かと尋ねた俺に、灯里は丁寧に教えてくれた。仕事が忙しくて帰りが遅くなった時、疲れが溜まって食欲があまりない時などにスープごはんを作るのだそうだ。お腹の底から身体を温めることで元気を取り戻せるし、頑張る気持ちも湧いてくる。そんなことを言っていた。

俺も料理をする手前、興味を持って作り方などを尋ねてみたら、今度作ってあげようかと言われた。それで会う約束をして、帰国後も休日を一緒に過ごすようになって――もう六年以上も前の話なのか。

カオマンガイ風雑炊を食べていると、灯里との思い出が次々と蘇ってくる。あの頃は幸せだった。自分が人生で持ち得ないと思っていたものを、灯里は全部俺に分け与えてくれた。だからこそ彼女を失った時、俺にはやはり人並みの幸せなんて手に入らないのだと烙印《らくいん》を押された気持ちになった。

「……パパ？　たべないの？」

二瑚の不安げな声にはっとする。じっとこちらを見つめる視線のお蔭で、俺は自分の手が完全に止まっていたことに気づいた。

「食べるよ。美味しいね」

俺が笑うと、二瑚も安堵の表情で頷く。

「うん！」

二瑚の器はもうすぐ空になりそうだ。こんなによく食べてくれて、作ってみて本当によかった。きっと灯里も喜んでいるだろう。

今の俺の幸せは、二瑚の成長を見届けることだ。父親がこんなに頼りないせいか、優しい子に育ってくれた。親子とはそう遠くない未来で別れゆくものだが、その時までに俺はたくさんのものを二瑚に分け与えてやれたらと思う。灯里が俺にしてくれたのと、同じように。

二瑚という名前は灯里がつけた。音は彼女が好きなカメラメーカーから取ったが、字を当てたのもやはり灯里だ。

『いつかもう一度、あの珊瑚礁を見に行こうよ。今度は家族で、ね？』

希望に満ち溢れた美しい名前だと、初めて聞いた時は思った。

その晩、俺は夢を見た。

夢だとはっきりわかったのは、この函館のアパートに灯里がいたからだ。

彼女はキッチンに立って、何かを作っていたようだった。長い髪の後ろ姿は記憶に残るそのままで、俺は慌てて呼びかけようとした。

でも、声が出なかった。

話したいことが山ほどあった。二瑚がピーマンを食べられるようになってきたことも、お着替えが上手になってきたことも、ひらがなだけじゃなく漢字もいくつか読めるようになってきたことも、本当にいい子に育っているということも——なのに何一つ言葉にできなくて、立ち尽くしている俺の前で灯里は振り向き、何事もなかったように笑った。

『ほら、できたよ。今日もスープごはんにしたけど、いいよね？』

その言葉に、ああやっぱり夢なんだと思う。

夢の中ですら、俺はもう灯里と話せない。もう一度会って話したかったのに。もう一度どころか、これからもずっと一緒にいたかったのに。

目を開けた時、寝室はまだ薄暗かった。

隣に敷いた布団には二瑚が眠っている。今日も寝相が酷く、まるでエビみたいに反り返ったポーズでタオルケットに包《くる》まっていた。耳を澄ませばすやすやとテンポのいい寝息が聞き取れる。その寝息に混ざり、自分の早い鼓動も聞こえてくるようだった。

酷い夢を見せられた気分だ。ようやくかさぶたになった傷を掻きむしられたような苦痛に、俺はしばらく起き上がれなかった。

それでも夜は明ける。黙っていても時は過ぎ、二瑚は目を覚ませばお腹が空いたと言い出すし、世話をしているうちに休日は終わってしまう。そして俺は癒えない傷を抱えたまま、日常へと引き戻される。

月曜日、二瑚をこども園に連れて行くと、ひろあきくんとママが待っていた。

「先日は本当に失礼しました。息子にもよく言って聞かせましたので……」

申し訳なさそうなひろあきくんママに促されて、ひろあきくんも小さく頭を下げてみせる。

「にこちゃん、ごめんなさい。ひどいこといって」

「いいよ！」

二瑚は即答だった。もしかするとどうして謝られるのか、きっかけの出来事を覚えていないのかもしれない。すぐに笑ってひろあきくんの手を取り、それから二人は園庭を仲良く駆け出していく。

「よかった……。二瑚ちゃん、とっても優しいお子さんですね」

ひろあきくんママが感激した様子で目を細めた。

しかそんな様子を、俺はどこか遠い別世界の出来事みたいに眺めている。

どうしてここに灯里がいないのだろうと思った。

灯里の死からもうじき一年半になるのに、何一つ立ち直れていない。そしてそのことを誰にも言えないまま、俺はただぼんやりと生き続けている。

5 まだまだ甘口カレーリゾット

二瑚がこども園から『プール遊びのお知らせ』というプリントを貰ってきた。

気がつけばもう六月半ばだ。函館に来てから二度目の夏が訪れようとしていた。

「らいげつから、きおんがたかかったらプールであそべるんだって！」

水遊びが好きな二瑚は、プリントを貰ってきた日からずっとうきうきしている。ビニールのプールバッグを取り出し、水着やタオルを詰め込んで既に準備万端の構えだ。

函館の七月は最高気温が夏日まで届かない日もあるくらいだから、夏休み期間前にプール遊びができるかは微妙なところだった。しかし二瑚をがっかりさせたくないので、プールが駄目ならまた函館公園に連れて行こうかと思っている。

「去年、公園の噴水で遊んだのを覚えてる？」

俺の問いかけに、二瑚は朝食のおにぎりを一旦置いてから頷いた。

「うん！　すごくたのしかったねえ」

朝食におにぎりを食べたがるのは相変わらずだが、最近は食べやすい一口サイズではなく『さんかくにして』と要求するようになっていた。自分の手のひらより大きいおにぎりでもちゃんと齧りついて食べられることに、二瑚の着実な成長を感じている。

「暑くなってきたらまた公園にも行こう」

「いきたい！　こんどはおもちゃをもっていこうね」

声を弾ませながら、二瑚はおにぎりをぺろりと食べ終えた。

こども園の制服を着るのも上手になって、俺が手を貸す必要は全くなくなっている。ただ髪だけはまだ自分で結べないので、そこは親の出番だ。

「ねえパパ、あみこみってできるようになった？」

髪を二つに結んであげるのが精一杯の俺に、二瑚はそんな無茶振りをしてくる。どうも園のお友達に編み込みヘアで登園している子がいるらしい。何度かせがまれて俺もネットで調べてはみたが、並んでいる説明文がまるで知らない外国語みたいにちんぷんかんぷんだった。

こういう時、灯里がいたら——彼女なら二瑚の髪も難なく結べたことだろう。だが生まれた時こそふさふさだった二瑚も髪が伸びるのはなぜか遅く、灯里が二瑚の髪を結ぶ機会は一度もないままだった。結びたかっただろうな、と思う。

叶えられないことばかりだ。

「パパにはちょっと難しいんだ。ごめんね」

「そっかあ」

俺が謝ると泣いたり機嫌を損ねたりはせず、二瑚はすんなりと二つ結びを受け入れた。そしてテレビに駆け寄り、振り返って俺にねだる。

「パパ、リモコンちょうだい！」

テレビは登園の準備が済んでからというルールだ。俺は立ち上がり、テレビボードの引き出しにしまってあるリモコンを取り出す。

「ほら、二瑚。『ぴもこん』だよ」

そう言いながら差し出すと、二瑚はいきなりけたけたと笑った。

「ちがうよパパ、『リモコン』だよ」

「えっ……」

思ってもみなかった指摘に、絶句する。

いつの間にか二瑚は『ぴもこん』なんて言わなくなっていたようだ。気づけばラ行の発音もすっかり苦手ではなくなっていたし、最近では話し方までどこか大人びている。そうかと思えば寝室で灯里のアルバムを一人眺めていることもあり、行動にはっきりとした意思や考えを感じられるようにもなってきた。

呆気《あっけ》に取られるような速さで成長していく娘に、今は俺の方が取り残されている。

「どうしたの？」

凍りつく俺を見上げて、二瑚は不思議そうにしていた。

「……なんでもないよ」

改めてリモコンを手渡した後、俺はふらふらと椅子に座り込んだ。リビングのテレビが点いて、疾走感に溢れたメロディが流れ出す。最近、二瑚が観るようになった女の子向けアニメのオープニングだ。

変わりゆく娘とは違い、俺は変われないままずっと同じところに留まり続けている。東京を離れてから、もう一年も経っているのに。

自転車で二瑚をこども園まで送り届けた後、俺は十字街の職場へと向かう。

路面電車が走り抜ける古い街並みの中にあるストライクデザインのオフィスにも、通い続けて一年と少しが過ぎた。かつては理髪店だった木造二階建ての佇《たたず》まいは何も変わっていないが、内部には最近ちょっとした変化があった。

「バーバー椅子を処分することに決めたんだ」

蓮見さんは会社経営について語る時よりも重々しい口調で切り出す。

この建物でかつて使われていたバーバー椅子は、オフィス奥の物置部屋に置きっぱなしになっていた。処分するのもタダではないし、この建物から運び出すのも一苦労というサイズだ。そもそも蓮見さんと及川さんにとっては幼い頃、おじいさんに髪を切ってもらっていたという思い出の品でもあり、ずっと捨てるに捨てられなかったのだと言っていた。

　だが遂に決意したようで、及川さんも隣で頷いている。

「正直手狭になってきたもんね。あの椅子が片づけば他の備品も置いておけるし、物置を仕事部屋にも使えるし」

「でも、いいんですか？　思い出があるんじゃ……」

　この期に及んで引き留めそうになる俺を、蓮見さんは苦笑いで見返してきた。

「もう止めないでくれ。踏ん切りをつけるのにだって相当掛かったんだ」

「それもそうですね……すみません」

　余計なことを言ったという自覚はある。だが一方で、俺ならまだ捨てられないかもな、とも思ったのだ。

　もちろん俺と、蓮見さんたちとでは状況が違う。お二人のおじいさんはまだご存命で、今は七飯町《ななえちょう》でのんびりと老後を楽しんでいるらしい。思い出の品を一つ処分したところで、新しい思い出はこれからいくらでも作ることができる。

「物置部屋が空いたら託児スペースでも作ろうと思ってさ」

　蓮見さんがそう続けると、及川さんも嬉しそうに乗ってきた。

「ジョイントマットを敷いておもちゃや絵本を用意しておいたら、いざという時二瑚ちゃんに、うちにいてもらえるでしょう？　どうかな？」

「助かりますけど、そこまでしていただくのも……」

せっかく空いたスペースに、目下うちしか使わないであろう託児スペースを設けてもらうというのも気が引ける。話し合った結果、ひとまずは空けておいて何かある場合に備えておくことに決まった。

「まあ空けておけば何にでも使えるもんな。清野のところのラムネくんを遊ばせたりもできるだろうし」

「それは助かります。ちょっと元気がない時、在宅にするか迷うこともあるんです」

話を振られた清野さんは嬉しそうにしている。彼のデスクの上には相変わらずパグ犬ラムネくんの写真が飾られている――その中には去年の秋、俺が大沼公園で撮影した写真もあった。あの日の写真をプレゼントしたら清野さんはとても喜んでくれて、機会があればまた是非撮ってほしいと頼まれている。

函館に来てからずっと二瑚を撮り続けているお蔭か、俺のカメラの腕は少しずつ上達しているようだ。ついに仕事でも、俺の撮った写真を見て『うちでもこんな宣材写真を』と依頼をくれた企業があった。それはもちろんありがたい評価なのだが、灯里が遺してくれたカメラのお蔭だと思うと複雑でもある。引き換えにしたものがあまりにも大きすぎて、結局まだ受け止めきれていないのだ。

だが俺がぐずぐずしているうちにも時は過ぎ、いろんな物事が自然と変わっていく。蓮見さんが断捨離を決意したように、二瑚がどんどん大人になっていくように、俺も過去に踏ん切りをつけなくてはいけないのかもしれない。
「――そういえば、月舘さんは欠勤ですか？」
ふと、清野さんがオフィスを見回した。
言われて気づいたが、確かに今朝は月舘さんの姿がない。中島町《なかじま》から通っていると
いう彼女は、大雪の日でもない限り遅刻をしたことがないはずだった。珍しいなと思
ったのは俺だけでもなかったようで、及川さんが眉を顰めた。
「連絡は来てないけど……どうしたのかな」
時計は始業時間五分前を指している。なんとなく悪い予感がして、四人でそれぞれ
顔を見合わせた時だった。
入り口のガラス戸が開き、長い髪を振り乱した月舘さんが飛び込んでくる。息を切
らしている顔は真っ青で、対照的に目は真っ赤に充血していて、とても元気そうに見
えなかった。真っ先に及川さんが立ち上がり、声を掛けに行ったほどだ。
「月舘さん！　だ、大丈夫？」
「す、すみません、遅くなって」
がらがらに嗄《か》れた声で月舘さんが応じる。俯き加減で誰とも目を合わせようとしな
い。しかし及川さんが支えるように手を差し出すと、泣き出しそうな声を漏らした。
「具合が悪いのか？　もしそうなら――」

蓮見さんが次いで席を立ったところで、月舘さんは力なくかぶりを振る。

「ち、違うんです。なんでもなくて……」

「なんでもないようには見えないよ」

「ただ、あの……」

全員の注目を集めても尚、月舘さんの口は重かった。だがこのまま黙っているわけにもいかないと思ったのだろう。やがて彼女は言った。

「私の推しが――脱退するってニュースがあって」


ネットで検索すれば、ゼロ・ユニティからダンサー・トーマが脱退するというニュースは確かに出てきた。

ニュース上での取り上げられ方はあまり好意的ではない。トーマさんは次のライブツアーが終わり次第事務所も退社し、その後の活動についてはほぼ未定ということらしい。円満退社という雰囲気でもないようで、一部メディアには事務所社長との確執、グループ内の不仲疑惑なども報じられているようだ。更に口さがない報道も散見され、この手の芸能ネタに疎い俺でもこれはファンならば耐え難いだろうと思う。

月舘さんは午前中こそ真面目に仕事に打ち込んでいたものの、昼の休憩に入った途端、誰に語るでもなくぽつぽつと心情を零し始めた。

「いつかはこんな日が来るかもしれない、とは思っていたんです。でも来るとしても、もっと希望のある終わり方がよかった……」

信じていたものが打ち砕かれて、道に迷っているようなか細い声だ。

「急すぎますし、確執とか不仲とか嘘であってほしいです。トーマが今まで嫌な思いを押し殺しながらステージに立っていたなんて思いたくない。彼の笑顔に支えられて、彼のパフォーマンスを見るために必死になってきたのに、それが全部彼の我慢や辛い毎日を踏みつけて成り立っていたものだなんて、思いたくない」

俺はもちろん、蓮見さんも及川さんも清野さんも、誰も言葉を掛けられなかった。

みんな、月舘さんの真面目な仕事ぶりは知っている。そして彼女の勤勉さを支えてきたものが何かも当然わかりきっていた。彼女は推しに会うために日々働き、推しに会うことで労働に勤《いそ》しむパワーを貰ってきたのだ。

そんな人が支えを失いかけている今、安易な慰めの言葉なんて投げかけられるはずがない。

「私……すみません。推し活で職場に迷惑を掛けるなんて……」

月舘さんが項垂れるように頭を下げて、ようやく蓮見さんが口を開いた。

「いや、気にしなくていい。大変な時なんだし」

こういう時、『たかが芸能人のことで』などと言う人ではないことを俺は知っている。蓮見さんは優しい人だ。だからこそ月舘さんの痛みもわかるのか、なかなか次の言葉が継げないようだ。

俺にも彼女の気持ちは理解できる。心の支えにしてきた大切な人を失うことがどれほど辛いか、その人のために自分は何もできないと痛感することがどれほど苦しいか。失ったことがあるからこそ、わかる。そしてその瞬間は予告なく、唐突に訪れるものだということを。

「無理に元気出そうとしなくていいから。とりあえず、ごはん食べてみたらどう？」

及川さんが慰めるように言うと、月舘さんはようやく昼食を食べ始める。急いで買ってきたとみられる菓子パンを機械的なリズムで齧る彼女は、見ていても痛々しい落ち込みようだった。

今日の休憩室には普段にない重苦しい空気が漂っている。俺も安易に世間話など振る気は起こらなかったし、いつもなら誰かしら点けようとするテレビも今日は黙りこくったままだ。それでいて誰も席を外したりしないところに、場違いながらもみんなの優しさを感じ取る。

きっと月舘さんにもその心遣いは伝わっているのだろう。やがて自ら沈黙を破ってこう言った。

「実は……八月のライブツアーもチケット取ってあったんです」

八月のライブツアーとは、彼女の推しであるトーマさんがそれをもって脱退すると決めたイベントだ。

「でも、行こうかどうか迷っていて。トーマが苦しんでいる姿を見に行くことになるなら嫌だなって思うんです。彼を見られるのもこれが最後かもしれないけど——その最後の記憶が辛そうな顔に塗り替えられるのは嫌だなって……」

最後の記憶という言葉に、俺はそっと唇を噛む。

別れは美しいものばかりではない。苦しむ姿を、辛そうな顔を、ただ見届けるしかないまま迎える終焉《しゅうえん》もある。

だが、月舘さんの推しはまだ生きている。生ある限り『最後の記憶』はいくらでも、何度でも塗り替えられる機会があるはずだ。

「それなら、行かなくてもいいんじゃないか？ チケットは誰かに譲るとかして」

蓮見さんが提案すると、月舘さんは弱々しく微笑む。

「ですよね……私、後悔しない気がしますし……」

そこで、俺は思わず口を挟んだ。

「会いに行った方がいいです、月舘さん」

月舘さんも含め、休憩室にいた全員が俺を見る。最も強い困惑の色を見せたのは、やはり当の月舘さんだった。

「そ……そうでしょうか」

「大切な人には会えるうちに会いに行った方がいいです。会えるか、会えないかの隔たりはとても大きなものなんです。その時の記憶がどのようなものであっても、会えなくなった後悔よりはきっとマシなはずです」

考えより先に言葉が出てくるような、強い情動に突き動かされていた。月舘さんにというよりは、まるで自分に言い聞かせるみたいに俺は続ける。

「それに、これが本当に最後の別れというわけではないでしょう。生きていれば、またいつかどこかで会えるかもしれない。『最後の記憶』はいくらでも塗り替えられると思えば、今は会いに行くべきです」

たとえそれが今は辛く苦しい思い出になったとしても、いつか違う意味を持つようになるかもしれない。

それならば、会える人には会いに行った方がいい。

この場でそう断言できるのは俺くらいのものかもしれない。誰もが一生に何度か味わう別れの辛さを、俺はずいぶんと早いうちから知ってしまった。でも知っているからこそ掛けられる言葉がある。

「青柳さん……」

月舘さんは青ざめた顔のまま、しばらく俺を見つめてきた。反論を予想していなかったとでもいうように呆然《ぼうぜん》としていた彼女は、しかしその後で深く息を吐き出し、表情を引き締める。

「青柳さんが仰《おっしゃ》るなら、絶対、そうですよね」

そして頷いた。

「――私、やっぱり彼に会ってきます」

休憩室の空気がその瞬間、ふっとゆるんだ。

同時に蓮見さん、及川さん、清野さんの表情も微かにではあるがほどけたように見えた。月舘さんの決断がどうであれ、歓迎するつもりなのだろう。

「うん、そうだ。できるならその方がいいよ」

蓮見さんが意見を翻すと、及川さんがちょっとだけ笑った。

「さっきと真逆のこと言ってる」

「だ、だって！　それは俺が勧めていいことじゃないかなって気もしたし――いや、けど、青柳の言うことももっともだって思うし、つまりその……」

慌てふためく蓮見さんの様子に、この日初めて月舘さんも笑う。みんなの表情が一層和んで、ようやくいつもの雰囲気に戻ってきたようだった。

俺も少しだけほっとしている。勢いで口を挟んでしまったが、月舘さんの背中を押すことはできたようだ。

「あの、青柳さん。ありがとうございます」

昼休憩の後、月舘さんが改まった様子でお礼を告げてくる。

「いえ、余計な口出しをしてすみません」

「そんなことないです！　言ってもらえて、やっと決心がつきました」

彼女の顔色はまだよくはなかったが、どこか晴れやかな表情に見えた。この分ならきっと心配は要らないだろう。あとは八月のライブが彼女にとって実りある思い出になることを願いたい。

月舘さんは少しの間、俺の顔をじっと見つめていた。だが不意に眉を顰め、心配そうに言う。

「青柳さんも……あんまり顔色よくないですね？」

「え？　そうですか？」

言われるまで自覚はなく、他の誰にも指摘されてはいなかった。

「季節の変わり目だし、気をつけた方がいいですよ」

忠告を貰ったその後、洗面所の鏡を覗き込んだら、確かにあまり健康そうではない顔が映っていた。

知らず知らずのうちに疲れが溜まっていたのだろうか。それから一週間も経たない金曜日、俺は寝汗の酷さで目が覚めた。

身体が熱い。隣に寝ている二瑚の体温よりもはるかにぽかぽかしていて、喉も渇いていた。水分を取らなくてはと起き上がってみたら、たちまち視界がぐるぐると回り出し、身体から力が抜けていく。這うように寝室を抜けて体温計を掴み、リビングの床にへたり込んで検温を試みた。その短い間でさえ微睡みながら計測を終えると、体温計のデジタル表示には三十七度九分とある。

「これはまずいぞ……」

危惧《きぐ》していたことが現実となってしまった。幼児を抱えた親子二人暮らしにとって、最大の危機となり得るのは親の病気だ。この期間をどう乗り切るか、熱でぼんやりする頭で捻り出さなくてはならない。

時刻は午前五時半だった。とりあえず二瑚のおにぎりと自分用のおかゆを作り、いつも通り起きてきた二瑚に事情を説明する。

「二瑚、パパはお熱があるみたいなんだ。今日は会社を休んで病院に行かないといけないけど、二瑚も園を休んで一緒にいてくれるかな」

こども園を休ませることにしたのは、お迎えに行けなくなる可能性を考慮してのことだ。さすがに会社を休んだ日まで及川さんに頼めない。それに感染力が強い病気である可能性も考えられるから、病名がはっきりとわかるまでは、子供たちで賑わうこども園へ二瑚を行かせるべきではないだろう。

「わかった。パパ、だいじょうぶ？」

二瑚はあまり不安そうにはしていなかった。こういう時、心配させすぎるのはよくないからあえて平気そうに振る舞っておく。

「大丈夫だよ。熱さえ下がれば元気になる」

「じゃあつめたいやつ、おでこにはるといいよ」

二瑚は冷蔵庫にあった冷却ジェルシートを俺の額に貼りつけてくれた。小児用と書かれていた通りサイズは小さかったが、ひんやりとして気持ちがいい。

職場に『病院に行くので休みます』と連絡を入れた後、俺は二瑚を連れて近所の内科へ向かった。まだお留守番には早い歳だから、こういう時は連れていくより他ない。まるで保護者のように付き添う二瑚の傍らで、俺は一通りの診察と検査を受ける。病院で熱を測ったら更に上がっていたが、幸いにしてインフルエンザなどではなく、ただの風邪であるらしかった。安静にしてしっかり休めばこの週末で治しきることができるだろう。

『……わかった。ただの風邪だったのは不幸中の幸いだったな』

診察結果も蓮見さんに報告しておく。月曜日には出られそうだと告げたら、呆れたような声が返ってきた。

『無理しなくていいから。まずは治すことに集中してくれ』

「はい……」

『助けが必要ならいつでも呼んでくれよ。俺も及川も飛んでいくから』

蓮見さんはそうも言ってくれたのだが、やんわり遠慮をしておく。ただの風邪ではあるが喉の腫れが酷く、また更に熱も上がってきたようで、この状態で誰かと会うのは危険だろう。今日はもう寝込むしかなさそうだ。

病院帰りに無理を押してスーパーに寄ってきたので、糧食の確保はできている。温めるだけのレトルトのおかゆと梅干し、二瑚のためにおにぎりやパックのジュース、一口サイズのパンなども買ってきた。今日一日は料理をしなくても済むはずだ。二瑚にはテレビのリモコンも渡し、俺が寝ている間は好きに観ていていいと言っておく。

「パパはお布団で寝ているから、何かあったら呼びに来てね」

早く横になりたい一心の俺に、二瑚は屈託なく応じた。

「うん。パパ、おやすみなさい！」

「おやすみ……」

こういう時、聞き分けがいい子なのは心苦しいが助かる。俺は布団へ戻り、まずは眠ることにした。

眠っているのか、熱にうなされているのか、自分でもわからない時間がしばらく続いた。時折意識が覚醒し、ぼんやりしながらカーテンを閉めたままの窓などを眺めて過ごす。現実の続きのような夢を見た。二瑚が廊下を歩く足音も何度か聞いた気がする。

「パパ、おなかすいた」

二瑚が俺を起こしに来たのは午後二時だった。慌てて謝りながら起き上がり、買っておいたおにぎりを食べさせる。俺はレトルトのおかゆにしたがあまり食は進まなかった。薬を飲み、再び布団へ戻る。

解熱剤は飲んでいるのだが、思うように熱が下がらなかった。今日は二瑚をお風呂に入れてやれないかもしれない。夕飯はどうしようか、朝昼がおにぎり、夜がパンでは栄養が偏る一方だ。だが俺にキッチンに立つ体力がないのも事実だった。

布団に横たわり、何度目かの浅い眠りに落ちかけていた俺を、また二瑚が起こしに来る。

「ねえ、パパ。だれかきたよ」

「ん……？」

身体を揺すられて目を開ければ、二瑚は唇を尖らせて不安げだ。

そして、玄関のチャイムが鳴っていた。

「具合悪いし、出なくていいよ」

普段から二瑚には来客があっても出ないように言ってある。うちを尋ねてくる客人なんて皆無だし、宅配便も郵便も二瑚が応対するのはまだ早いからだ。業者を装った不審者が現れないとも限らない。いずれにせよ郵便はともかく宅配は何も頼んでいないし、今日のところは出られないということで勘弁してほしい。

「でも、ずっとなってるよ」

二瑚の言う通り、チャイムの音は五回、六回としつこく続いた。明らかにこちらの在宅を察している様子だ。さすがに応じないわけにもいかないかと、俺は気力を振り絞って身体を起こす。

インターフォンのモニターで来客者の姿を確認すると――。

「……母さん？」

がさがさの声が出た。

少しざらついた画質のモニターでもわかる、この背が高く姿勢のいい女性はどう見ても母だ。白いビニール袋を提げている。外はもう薄暗くなっているようで、アパート前のライトが灯されていた。

インターフォンを繋ぐ。

「ごめん、風邪引いて寝てたんだ。何か用？」

詫びつつ問いかけると、母はこちらへビニール袋を掲げてみせた。

『そう聞いたから来たの。熱が高いんでしょ？　孫を見ててあげるから開けなさい』

一体誰から聞いたのか見当もつかなかったし、聞かされたとしてあの母が駆けつけてくれるとは思いもしなかった。ちらりと横を見ると、二瑚が見覚えのある姿に複雑そうな顔をしている。

「いや、気持ちはありがたいんだけど……」

俺は断ろうとしたが、

『いいから開けなさいってば。手が要らないっていうなら買ってきたものだけでも置いていくから』

母は病人相手とは思えぬ強い口調で押し切ろうとした。仕方なく玄関へ向かい、ドアを開ける。

俺の顔を見るなり、母は大げさなくらい顔を顰めた。

「顔真っ赤じゃない。熱は何度あるの？」

「えっと、さっき測ったら三十八度五分……」

「ただの風邪にしちゃ高いね。ほら、スポドリ買ってきたけど持てる？」

ビニール袋の中には二リットルのペットボトルが二本も入っている。受け取ろうとしたが熱のある身体にはいささか重く、ふらつきかけたところを母に取り返された。

「持てないなら無理しない。運んであげるから」

そのまま母は上がり込み、冷蔵庫を探してきょろきょろしながら廊下を進んでいく。俺はその後に続き、更にその後ろから二瑚がこわごわついてきた。

母は冷蔵庫にペットボトルをしまい、他に買ってきた差し入れも俺に見せながら片づけてくれる。

「喉越しいいものがあるといいかと思って、ゼリーを買ってきたの。あとバニラアイスね。経口補水液はまあ、備えあればってやつ。あとはパックご飯ね、要らないなら持って帰るから」

「ありがとう、助かるよ」

俺はダイニングの椅子に寄りかかりながらお礼を言った後、さっきから疑問に思っていたことを尋ねた。

「俺が風邪を引いたって、誰から聞いたの？」

「あんたのところの社長さん。いきなり電話があってね」

「蓮見さんが？」

「『かなり体調悪そうだったので、もし行けるのであれば様子見ていただけませんか』って。『行けないなら自分が行きます』とも言ってたよ」

言われてみれば初めて会った時、蓮見さんは母と名刺の交換をしていた。それで連絡先を知っていたのか。しかしわざわざ母に知らせてくれるとは、よほど俺の具合が悪そうだったのだろうか。

母がキッチンにいる間、二瑚はずっと俺の脚にしがみついていた。一度芽生えた苦手意識は、多少時間を置いた後でも解消されていないようだ。仕方あるまい。

そんな孫の様子を母も一瞥《いちべつ》した後、俺にこう言った。

「で、どうする？　私がいた方がいいならいるけど、いない方がいいなら帰るよ」

俺はぼうっとする頭で悩む。

それはもちろん、二瑚を見てくれる人がいるならこれほどありがたいことはない。

だが相手は母だ。過去には二瑚のお迎えを頼んでクレームがついた経緯もあるし、二瑚も母を苦手としている。この人と二人でいるくらいなら一人の方がマシ、と二瑚が思うかはわからないが――俺がもう少し元気なら固辞しているところだった。

今は熱でふらふらしているし、戻れるものなら一刻も早く布団に戻りたい。俺は答えるより先に、屈み込んで二瑚に言い聞かせた。

「二瑚、少しの間だけ、おばあちゃんの言うことを聞いていられるかな」

「……うん」

不承不承、二瑚は頷く。

「大丈夫。おばあちゃんは二瑚ちゃんを『見てるだけ』だから。遊んでるのを邪魔したり、余計なことを言ったりしないよ」

母はそう言うとダイニングの椅子を引き、座り込んだ。

心配ではあったが、体調も限界に来ていた。俺は母と二瑚に謝りながら寝室へと向かう。いやに静かなリビングを気にしながらも目を閉じた。

眠る直前、少しだけ子供時代のことを思い出す。母は俺が風邪を引いても看病をしたがる人ではなかったが、枕元にそっとスポーツドリンクやゼリーを置いておいてくれる優しさはあった。一度胃腸炎をやった時には病院まで付き添ってくれたこともある。素っ気なかったが、無責任では決してなかった。


どのくらい、眠っただろう。

ふと喉の渇きで目が覚める。何か飲みたいなと身を起こせば、眠る前よりは気分がいくらか楽になっていた。カーテンの隙間から陽が射し込んでいて、いつの間にか朝になっていたようだ。

はっと気づいて隣の布団を見れば、二瑚の姿はなかった。ただ二瑚が寝たらしい形跡はタオルケットの歪《ゆが》みから散見できる。昨夜は一人で寝ついたのだろうか——そう思った瞬間、リビングの方から楽しげな声が聞こえてきた。

「このこはへんしんするんだよ。へんしんして、てきとたたかう」

「敵って？　さっきの黒い服着た奴らのこと？」

「そう！　わるいことするわるいひとたち」

「へえ、アニメの世界も治安がよくないんだねえ」

二瑚と母の話し声だ。

一瞬、夢でも見ているのではないかと思う。あの二人が会話を弾ませている様子など想像もつかない。特に二瑚は昨日、あれほど母の存在を怖がっていたのに。

「おばあちゃん、つぎはこれみよう！」

「いいよ。二瑚ちゃんの好きなの点けな」

笑い声さえ立てる二人に、信じがたい気持ちでリビングへ歩みを進める。

俺が現れると、二瑚は素晴らしい笑顔でこちらを見た。

「あっ、パパおはよう！　げんきになった？」

「ああ、大分よくなったよ」

リビングの時計は既に午前七時を指している。二瑚は昨日と違う服を着ており、ちゃんと着替えを済ませていることが一目でわかった。

母はと言えば昨日会った時と同じ服装で、俺を見るなり目を丸くする。

「顔色も戻ったね。熱はもう下がったの？」

「これから測るよ。とりあえず具合は悪くない」

それからリビングに目を向ければ、ダイニングテーブルの上はファストフード店の袋や空になったジュースの紙パックなどで散らかっていた。俺の視線に気づいた母が、言い訳するみたいに口を開く。

「ほら、私は料理できないし。二瑚ちゃんに何か食べさせないとと思って」

「にこ、はじめて『はんばっがー』たべた！」

俺はこれまで二瑚にファストフードは早すぎるだろうと思い、食べさせてこなかった。が、今回ばかりはやむを得ない事態だ。一日くらいなら大目に見よう。

何より、母は帰宅もせずに二瑚を見ていてくれたのだろうから。

「ずっといてくれたんだろ？　ありがとう」

「まあ、乗りかかった舟だしね」

頷く母の膝の上に、二瑚はちゃっかりよじ登って座り、一緒に二瑚の好きなアニメを観ている。一晩でそんなに懐いたのだろうか。

まだ状況についていけない俺は熱を測った。三十六度台まで下がっていて、ほっとする。

二瑚と母は朝食を済ませていたようなので、俺だけおかゆを温めて食べた。その間、母から昨夜の二瑚の様子を聞いておく。どうやら怯えていたのは初めのうちだけで、なんと二瑚の方から歩み寄ってきたのだという。

「『おばあちゃんもいっしょにテレビみる？』って聞いてくれてね」

母も二瑚の気遣いがわかったと見え、素直に付き合うことにしたそうだ。それからは少しずつ距離を縮め、出前を取って一緒にハンバーガーを食べ、歯磨きや着替えを手伝わせてくれるようになり、朝起きたら膝に座ってくれるようになった、ということらしい。

「ちゃんと言うことを聞ける、いい子に育ったじゃない。あんたに似たのかもね」

そんなふうに母は二瑚を誉めてくれたが、俺は複雑な思いでおかゆを啜るしかなかった。

二瑚には、俺に似てほしくない。親の言うことを聞き、大人の顔色を窺い、ただ無害な存在になって生きるような子供にはなってほしくなかった。だというのに俺はこうして、時々二瑚に聞き分けのいい子であることを強いているような気がしてならない。

親になってみてわかったことがある。俺がなってほしくなかった『いい子』は、親にとって非常に便利な存在だった。

「俺は、いい子になってほしくないんだ」

そう呟き返すと、母がこちらを見る。

二瑚は折り紙で作った魔法のステッキを振りながらテレビを観ていた。

「灯里が言ってた。子供は迷惑や心配を掛けるのが当たり前だから、その分だけいつか誰かを助けられるように育てたいって。最初に言われた時、俺はその意味がよくわからなかったけど、子供を育てていくうちにわかった。子供は聞き分けがないくらいが一番、自由でいいと思うよ」

無茶なわがままを言う時、賑やかにはしゃいでいる時、そして親に甘えてくる時、二瑚は一番のびのびしているように見える。もちろんお姉さんらしくしてくれて助かる、なんて思う時もあった。だがそんなに急いで大人にならなくてもいいとも思う。

「いい子の方が楽だよ」

母は深い実感を込めて言ってきた。

「そうだね。そうも思うから難しいよ、子育てって」

正直に言えば、灯里の願いが『正解』かどうかもわからないのだ。世界には親子が星の数ほど存在していて、誰もが子供だった時代があるというのに、人が文明を持った瞬間から繰り返されてきた歴史ある営みだというのに、未だに子育ての絶対的正解を、誰も、誰一人として持ち得ていない。ただ親になって子供を育てる時、自分が子供だった時代を振り返ることはある——その時に、本当はこうしてほしかった、こんなふうにしてもらいたかったと切ない気持ちになることも、ある。

今の俺は、自分がしてもらえなかったことを二瑚にしてあげたいと思っていた。もしかするとそれさえ正解ではなく、ただのエゴなのかもしれない。

「まあ、あんたはいい子に育ったよ」

そう話す母の顔は、どこか自嘲気味にも見えた。

「お蔭で私の子育ては楽だった。楽すぎて、手を抜いた気がするくらいね。逆にあんたにとって、私はいい母親ではなかったかもしれないけど」

「俺は育ててもらっただけで十分だと思ってるよ」

百パーセントの本音ではなかったが、俺は心から言える。

母にとっての汚点、負債、黒歴史だった俺が、今日までなんとか生きてこられたのは母がいたからこそだ。そのことは感謝している。

「それに今日のことも。……駆けつけてくれて、二瑚を見てくれて、本当にありがとう」

すると、急に母は顔を歪めた。

痛みを堪えるような表情の後、短く息をつく。

「ねえ、和佐。私のせいだって思ったことはないの？」

「何を？」

「灯里さんのこと。私の、遺伝じゃないかって」

「遺伝？」

唐突に何を言い出すのだろう。灯里の病気は遺伝性のものではなさそうだし、仮にそうだったとして、母から彼女へ遺伝するわけもない。

訳がわからないと言いたげな俺の顔から、母は目を逸らして続けた。

「私は最初に聞いた時、遺伝だって思ったよ。私に幸せな結婚ができなかったように、私の子もまた不幸になる定めなんだって。そういう家系なんだってね」

「何を言ってるんだよ」

「だからあんたが私を恨んでも仕方ないって思ってたの。私に似たんだもの」

母はそう言った後、また溜息をついてみせる。

「なのに恨み言一つ言わないんだもの。いい子に育ちすぎだよ」

「恨むなんて……母さんのせいだって思ったことは一度もないよ」

それどころか、俺は灯里の死を誰かのせいだと考えたことすらない。もちろん途轍《とてつ》もない不幸だと打ちひしがれたことも、今でも夢であってくれたらと思うこともある。だが彼女が病気に倒れたことを母のせいだと思うのはあまりにも筋違いというものだろう。

「定めとか、家系とか、そんなものあるわけない」

俺がきっぱりと否定しても、母はまだ受け入れがたい素振りで俺を見やる。

「でも人生ってそういうもんじゃない。不幸な人のところには次々不幸がやってくる」

「そうでもないよ。俺には可愛い娘がいるから、まだ幸せだ」

自分の話だとわかったのか、二瑚は俺の方を振り返ってにんまり笑った。俺が笑い返すと、母もつられたようにぎこちなく笑う。

それから、素っ気なく言った。

「……そう」

納得はしていないようだ。まだ灯里のことを自分のせいだと思い込んでいるのかもしれない。あるいはそうでも思わないと、俺たち親子に起こる不幸を呑み込みきれないのかもしれなかった。

俺だって呑み込めてもいなければ、まだ心の整理だってついていない。灯里のことを一生想い続け、引きずり続けていくのかもしれない。だとしても、彼女の死を誰かや何かのせいにはしない。

だから、母に告げた。

「よかったらまた、二瑚に会いに来てやってよ。今度は俺が元気な時にさ」

二瑚は今の俺にとって、幸せのかたまりみたいなものだ。二瑚がいてくれるから灯里のいない辛さもやり過ごせたし、今日までちゃんと生きてもこられた。母にもそれを見てほしい。そうすれば、俺が今は不幸じゃないことも、定めも家系も関係ないということだってわかるだろう。

「そうだね」

母は少し考えてから、まるで眠そうに目を細めた。

「ちょっとは孫の面倒見ないと、将来孤独死まっしぐらだもんね」

結局、昼前に母は帰っていき、俺と二瑚は久々に二人で昼食を取る。お腹に優しい豆乳胡麻スープごはんを作ったら、二瑚も美味しい美味しいと喜んで食べてくれた。

「はこだてのおばあちゃんもやさしかった」

昨夜はハンバーガーを食べ、夜遅くまでアニメを観て過ごしたらしい。今までにない過ごし方をした一夜は二瑚にとって印象深かったらしく、少し興奮気味に俺に報告してくれた。

「パパのごはんもおいしいけど、『はんばっがー』もおいしいねえ。こんどはパパもいっしょにたべようよ」

「……うん。まあ、たまにならね」

母との付き合い方もそうだが、ファストフードの付き合い方についても、これから改めて考えていこうと思う。距離感さえ間違えなければどちらともいい関係を築けるはずだ。

土日をゆっくりと過ごしたお蔭で、月曜日には完全に復調していた。

いつものように二瑚をこども園に送り届け、俺は十字街まで自転車で向かう。坂道だらけの街でもペダルを踏む足はいつになく軽快で、体調が戻っていることを確かに実感できた。

「元気になってよかったよ」

出勤した俺を見た蓮見さんは、安堵の表情で胸を撫で下ろす。

「金曜日に電話貰った時は慌てたよ。本当に弱りきった声してたんだから、これは重症かもしれないと俺も思って、それで――」

「うちの母に連絡してくださったんですね」

「ああ。その、余計なお節介かもとも思ったんだけど」

「いえ、助かりました。母が来てくれたのでなんとか乗り切れましたし」

俺と母の、これまであまり良好ではなかった親子関係については蓮見さんも知っての通りだ。だがそれでも母に連絡してくれたということがありがたかった。実際、母も駆けつけてくれて、そのお蔭で一晩ゆっくり休めたわけだし。

快気祝いに何か奢ると言ってもらっていたので、この日はお弁当を持たず、蓮見さんと十字街近くのラーメン屋に行った。観光客も多い有名店に入り、二人で函館ラーメンをいただく。透き通ったスープは豚骨と鶏ガラ、そして昆布から出汁を取ったあっさり塩味で、病み上がりの身体に染み入るような美味しさだった。具がモモ肉のチャーシュー、メンマ、長ネギとごくシンプルなのもまたいい。

「仕事に穴を開けてご心配まで掛けたのに、ごちそうになってすみません」

俺がそう言うと、蓮見さんはおかしそうに噴き出す。

「快気祝いって言っただろ。それより、ラーメン食べられるくらいには復活したんだな」

「ええ。食欲も戻りましたし、もう平気です」

食事の間、俺は母が駆けつけてくれた後の話をざっくりと打ち明けた。二瑚が母に懐いたと聞き、蓮見さんは嬉しそうな顔をする。

「二瑚ちゃんが懐くということは、いい人なんだろうな。青柳のお母さん」

その言葉に頷けることを、俺も心から喜んでいた。

「そうですね、俺の周りはいい人ばかりですよ」

蓮見さんは最初、俺の元へ自ら出向こうとさえ思ってくれていたようだ。そこは母からも聞いていた通りだった。

「でも、さすがに俺が行くのは踏み込みすぎというか……青柳だって寝込んでいる時に家に上がられたくないだろうとも思ってさ。悩んだ末にお母さんに電話してみたんだ」

いい人というなら、蓮見さんは俺の知る中でも一、二を争ういい人の鑑《かがみ》だ。俺をいつでも気に掛けてくれて、いろいろと世話も焼いてくれて、頭が下がる思いだった。

思えば蓮見さんとも長い付き合いだ。前の会社で出会ったばかりの頃は無愛想で、周りを寄せつけない雰囲気もあり、こんなに話せる人だとは想像もできなかった。俺の地元が函館だと知ってもらう機会がなければ、打ち解けることもないまま無縁な人で終わっていただろう。それが結婚式に出てもらい、こうして函館に戻ってきてまた一緒に働くようにもなり、なんだかんだで腹を割って話せるほどの相手にもなっているのだから人生はわからない。

ラーメンで身体が温まったからか、あるいは病み上がり特有の気分のよさか、俺は気づけば普段なら他人に言わないようなことを口走っていた。

「母は、灯里の死を自分のせいだと思っていたみたいなんです」

「……え？」

蓮見さんが目を見開き、ラーメンを掬う箸を止める。

「本当におかしな話、というか全然関係ないんですけどね。うちはずっと片親だったんで、それが俺にも遺伝したんじゃないかって迷信みたいなことを思っていたみたいで……それでぎくしゃくしていたっていうんだから、やっぱり変ですよね」

そんなものあるはずがないと思う一方、そう思ってしまう母の気持ちが全くわからないわけでもなかった。身近な人を亡くすということはそれだけ衝撃的な出来事であり、関わった人たちの心に何かしらの影響を及ぼす。俺が好きなだけ灯里を悼み、悲しんでこられた裏で、母はまだ親しくもなかった義理の娘の死を、悲しみきれないいまま背負い込んできたのかもしれない。

「だから、もっと母と話をしていこうって思いました。済んだことだって流すんじゃなくて、生前の灯里のことも知ってもらえたら、自分のせいで不幸が起きたって考えもなくなるんじゃないかと――」

あいにく、手元に灯里の写真は少ない。彼女はそのカメラで二瑚や俺の写真を撮ってくれたが、自分自身を撮ったものはごくわずかだ。だがそのわずかな写真を母にも見せて、思い出話をしてみよう。

そこまで語った時、俺は向かい合わせに座る蓮見さんが硬直していることに気づいた。

完全に動きを止め、残り少ないラーメンを食べ進める気配もない。もう湯気も立たなくなったスープの透き通った水面を見下ろし、顔を強張らせている。

「蓮見さん？」

俺が呼びかけると、彼は今気づいたというようにはっとしてみせた。

「あ……悪い。ぼうっとしてた」

食事時に場違いな話をしてしまったせいかもしれない。少なくとも美味しいものを食べている時に人の死がどうこう、などと聞きたくはないものだろう。俺は反省し、ひとまずラーメンを食べ終えてしまうことにする。蓮見さんはその後も物思いに耽っている様子で、ラーメン屋を後にするまで口数も少なかった。

食事を終えて店を出ると、たちまち初夏の強い陽射しが降り注いで目が眩《くら》んだ。ベイエリアから吹きつけてくる風はまだ涼しく、ラーメンで温まった身体にはちょうどいいくらいだった。だがこども園のプール開きはもう少し先のことになりそうだ。

職場へ戻ろうと歩き始めたタイミングで、隣を歩く蓮見さんがぽつりと言った。

「……俺も、青柳のお母さんと同じことを思ってた」

何の話だろうと目を向けると、思い詰めたような横顔がそこにある。

「俺が、俺のせいで、野瀬さん——青柳の奥さんが亡くなったんじゃないかって」

あまりのことに、俺は足を止めた。

先日の母の言葉と同じくらい、考えもつかなかった。

「な……」

なぜそう思うのか、尋ねようとする言葉がつっかえる。蓮見さんは意を決した暗い面持ちで続けた。

「結婚式の時、スピーチを頼んでくれただろ？」

「え、ええ」

二分間で短くまとめた、とてもいいスピーチだった。他に頼める友達がいなかった俺のために、あの日蓮見さんは本当によくやってくれたと思う。

「あの後で言われたんだよ。『スピーチが短いと結婚生活も短くなるから縁起が悪い』って」

二重の意味で初耳だった。すぐさま尋ねる。

「誰にです？」

「当時の課長」

「ああ……嫌味な人でしたもんね」

俺をタイ旅行に引っ張り出した張本人だ。その上カメラ係まで言いつけてきたあの人が、蓮見さんにも余計なことを言ったのか。とことん嫌な奴だと今更ながら腹が立った。

「俺も、ただの嫌味だろうってその時は思った。あの会社じゃ本当に嫌われ者だったからな。だからそれも理由の一つにして辞めてやったんだけど――」

蓮見さんが辞めた時、送別会はなかった。俺も灯里もそのことに腹を立てたが、蓮見さんはどうでもよさそうなそぶりで去っていったのを覚えている。きっと怒る気力もないほど愛想が尽きていたのだろう。

「でも、青柳から奥さんの訃報を聞かされた時、頭を過《よぎ》ったのはあの時の嫌味だった。まるで呪いみたいにこびりついて離れなくて……それからずっと、俺のせいかもって思ってた」

それで、だろうか。

前に及川さんが俺の結婚式について聞きたがった時、蓮見さんはずっと居心地悪そうにしていた。

「そんなわけないですよ」

俺が即座に否定しても、蓮見さんは後ろめたそうに目を伏せている。

母と同じだ。同じように、彼もまた灯里の死に罪の意識を抱いていた。

身近な人の死とはそれほどに影響の大きなものなのだろう。その死に自分が関わっているかもと罪深い気持ちを抱かせるほどに——灯里は若かったからより一層、そう思わせるのかもしれない。

でも縁起なんて、それこそ定めだの家系だのと一緒だ。関係ない。誰のせいでもないし、誰も悪くない。

「蓮見さんは何にも悪くないですからね」

俺は念を押すつもりで語気を強めた。

「それどころか俺たち親子を救ってくれた人です。俺たちはあのまま東京にいたら、きっと行き詰まっていた。今だってまだ楽ではないですけど、ちょっとずつよくなってきているんです。それも全部蓮見さんのお蔭なんです」

あの頃、俺は灯里を失い、幼い二瑚を抱えて必死に働いていた。頼りきっていたお義母さんから『これ以上は手伝えない』と言われた時、この先どうすればいいのだろうと絶望しかけてもいた。そんな俺に、函館に戻るという選択肢をくれたのは蓮見さんだ。彼が手を差し伸べてくれたから、今の俺と二瑚がいる。

「そんな嫌味なんて忘れてやりましょう。きっと及川さんに話したら笑い飛ばしてくれますよ」

俺がその名前を出すと、蓮見さんも彼女を思い浮かべたのだろう。一瞬、子供みたいに拗《す》ねた顔つきになった。

「確かに」

それから慌てて表情を引き締め、まだ後悔を滲ませる。

「でも……関係ないとしてもだ、あの頃の俺は本当に礼儀知らずだったと思うよ。二分のスピーチなんて短すぎた」

「それでも俺は感謝してるんです！　あなたに救ってもらったんです！」

つい声を張り上げてしまったが——昼間の、それも人通りの多い十字街の道端でするべき会話ではなかったかもしれない。観光客と思しきグループが俺たちに好奇の目を向けながら通りすぎ、そして去っていった。

蓮見さんが恥ずかしそうに咳《せき》払いをする。

「この話、ここではやめておこうか」

「そうですね……」

　俺たちは再び、職場に向かって歩き始めた。話は途切れてしまったが、隣を歩く蓮見さんの横顔は先程までより穏やかだった。目が合うとすぐに照れ笑いが浮かぶ。

「救ってもらったなんて大げさだ。実は俺の方こそ、青柳がいて救われてた」

「俺がですか?」

　そんな大層なことをしたかな。記憶を手繰り寄せようとするまでもなく、蓮見さんが言葉を継ぐ。

「あの頃、あの会社でまともに話せる相手なんて青柳しかいなかった」

　それは俺もそうだった。蓮見さんが唯一ちゃんと話をしてくれる相手だったし、彼がいなければ灯里と出会う四年目まで持たなかったかもしれない。つくづくお互い、性に合わない会社にいたものだ。

「辞めてよかったですよね、俺たち」

　そう告げたら、蓮見さんは一段と朗らかに笑った。

「本当だな!」

「俺、また蓮見さんと一緒に働けて、嬉しいです」

「ありがとう。後悔させないよう、頑張るよ」

二人で歴史情緒漂う古い街並みを歩く。函館の象徴たる市電が、俺たちの脇をがら音を立てて走り抜けていく。かつて理容店だったオフィスまではもう少しだ。

「でも、タイには一緒に行ってほしかったです」

俺は今でも覚えている。社員旅行に蓮見さんが来ないと知った瞬間の絶望を――他に話せる相手がいなかったのだから当然だ。一人ぼっちで雑用を押しつけられるだけの旅行に、何の楽しみも見いだせなかった。

だが俺の言葉に、蓮見さんは冷やかすような眼差しを返す。

「俺がいなかったから、奥さんと仲良くなれたんじゃないのか？」

「それは――確かにそうかもですね」

いや、紛れもなくその通りだろう。言葉に詰まりながらも俺が頷いたら、蓮見さんはまた笑った。

八月も半ばの頃、俺は二瑚を連れて久し振りに函館空港へと足を運んだ。

お盆休みを利用して東京まで、灯里のところへ墓参りに行くつもりだった。羽田まで一時間半のフライトだ。さすがに書き入れ時と見えて、函館空港は朝のうちから混雑していた。

「『ようこそ　ほっかいどうへ』」

高い位置にあるビールの広告を見上げて、二瑚がしっかり読み上げる。時間に余裕があったので、ロビーでソフトクリームを食べた。二瑚は口の周りをべたべたにしながら笑う。

「にこ、このソフトクリームがずっとたべたかったんだ」

「前に空港に来た時のこと、覚えてるんだ。すごいな」

「おぼえてるよ。『こんど』っていわれて、いつなのかなっておもってた」

もう一年以上も前の話なのだが、子供の記憶力は侮りがたい。

二瑚は本当にいろんなことを覚えていて、搭乗前にスーツケースを預けることも、保安検査場でX線検査を受けることも、いざ搭乗してからはおもちゃとジュースが貰えることも把握済みだった。離陸後、予想していた通りの接待を受けてご満悦の笑顔を、俺はまずカメラに収めておく。

「耳がきーんとしたら、ジュースを一口飲むんだよ」

俺のアドバイスに従い、機上の二瑚はちびちびとリンゴジュースを飲んでいた。

その様子を見守りつつ、俺は手荷物の中に入れておいたアルバムを取り出す。二冊のアルバムにはそれぞれ『二瑚　三歳』、『二瑚　四歳』とタイトルをつけてあった。

その通り、彼女の成長の記録として撮り続けてきた写真をまとめたものだ。引っ越し当日の夜に青柳町停留所で撮ったはにかみ笑顔も、熱を出した日に見せた元気な顔も、夏の海水浴場や秋の大沼公園や冬の雪積もるバルコニーで撮った楽しそうに遊ぶ様子も、全てプリントしてアルバムに綴じた。東京でお義父さんとお義母さんに会ったら手渡そうと考えている。

もっともこれらの写真は、撮影する度に画像共有アプリにも送信しているものだ。つまりお義母さんにとっては見たことのある写真ばかりということになるだろう。ただ、お義父さんは——これまでずっとアプリに既読をつけてこなかった。今となってはお義父さんが俺と二瑚のことをどう思っているのかわからない。今でも悲しみに打ちのめされているから写真を見たがらないのか、顔も見たくないほど疎ましく思っているのか、あるいは。

それでも俺が『今年はお墓参りに行きたい』と申し出た時、お義母さんは歓迎すると言ってくれた。久し振りに孫に会いたい、とも。その際は間違いなくお義父さんの意向も聞いただろうし、その上で断られなかったのだ。できたら、墓参りのついでに孫の写真を見てやってほしいとも思う。灯里の撮ったものよりは上手くないが、ちゃんと可愛く撮れている。

飛行機の窓からは一面の雲海が覗いていた。空を覆い尽くす羽毛のような塊は、さっき空港で食べたソフトクリームみたいに真っ白だ。二瑚はその景色が珍しいようで、口をあんぐりさせて外を眺めている。

「パパ、くもがすごいね」

「そうだね。雪が積もってるみたいだ」

俺は、社員旅行で行ったプーケット帰りの機内のことを思い出していた。離れて座った席から手を振ってくれた灯里の笑顔が、今でも目に浮かぶようだ。行きは深夜便だったから外の景色を見られなくて、帰りの飛行機で初めて雲海を見た。きれいなものばかり見続けてきた旅行の締めくくりにぴったりの景色だった。

実はもう一冊、アルバムを持ってきている。『旅行』と題した、社員旅行で灯里が撮影した写真たちだ。もしお義父さんたちと灯里の思い出話ができるのなら、あの時のアルバムを見せるのが一番いいと思った。結婚式や二瑚が生まれた時の写真は持っているはずだし、それ以前の灯里の写真はむしろご実家にたくさんあるだろうから——あの頃の灯里が、そして彼女と一緒にいた俺が幸せだったということ、そしてあの頃の思い出があるからこそ、今の俺も不幸せではないのだということも、お義父さんたちに伝えたかった。

コーラル島で一眼レフを構えてはシャッターを切り続ける灯里を見て、そんなに撮ってどうするんだと聞いたことがある。帰ってから思い出を振り返る為の写真なら一つの景色につき一、二枚もあれば十分じゃないか、と。だが俺の疑問に、灯里はこう答えた。

『だって、私の目だけじゃ足りないんだもん』

思い出のためだけではなく、遠い未来の慰めではなく、その瞬間を焼きつけるための自分の一部として彼女は写真を撮ったのだ。

そして今、その写真は俺の手元にある。あの時灯里が見たものを、俺と一緒に見た景色が、俺の一部にもなっている。俺は灯里と共にいる。彼女が見たものと共にある。だからもう、悲しみ嘆くのはやめよう。

羽田空港に着いたのは午前十時過ぎのことだった。俺は二瑚の手を引き、もう片方の手でスーツケースを引き、空港線に乗り込んだ。行き先は京急蒲田《けいきゅうかまた》駅、そこに灯里の実家がある。

蒲田駅にはお義父さんとお義母さんが迎えに来てくれていた。

「あっ、おばあちゃん！」

祖母の顔を覚えていた二瑚が真っ先に走り出し、お義母さんに駆け寄る。相好を崩したお義母さんが屈んで抱き留め、声を上げた。

「まあ二瑚ちゃん、大きくなって！」

「にこ、またひこうきにのったよ。おもちゃももらった！」

「よかったねえ。それに、いっぱい喋れるようになって」

お義母さんとは何度かビデオ通話で顔を合わせていたが、こうして対面すると一回り小さくなったように見えて胸が痛む。やつれたような印象は相変わらずだった。

　その後ろで所在なげにしているお義父さんとは二年ぶりの顔合わせだ。以前は白髪交じりだった髪はもう白一色になり、こちらもずいぶん痩せたように見える。二瑚を見下ろす目は未だ悲しみに揺れているようで、俺は声を掛けるのをためらいたくなった。

「――お久し振りです」

　それでも声に出して挨拶をすると、お義母さんは立ち上がり、お義父さんはこちらを見て深々と頭を下げる。

「和佐くん、久し振り。変わりはないかな？」

「ええ、お蔭様で何とかやってます」

「それはよかった。北海道と比べると、こっちの暑さは堪えるだろう？」

「暑いですね。でも、最近は向こうの夏も結構厳しいんですよ」

　当たり障りない世間話をしながら、四人で駅を離れた。向かう先は灯里が眠る霊園だ。

　野瀬家先祖代々の墓は大田区《おおたく》の霊園にあるそうで、俺は初めてそこへ連れて行ってもらった。お盆らしいカンカン照りの日で、直火《じかび》でじりじり炙《あぶ》るような陽射しに肌が焼け焦げそうだ。さっきは『北海道の夏も厳しい』などと言ったが、やはり東京の暑さは一味違う。息が詰まるような酷暑《こくしょ》も久し振りだった。

二瑚はリボンのついた麦わら帽子を被り、お義母さんに手を引かれて墓石の並ぶ中を歩く。その後を俺が、更に後ろからお義父さんがついてきた。会話は二瑚とお義母さんの間にしかなく、俺はほとんど無言でいた。

お盆期間だけあり、墓地は人の往来が激しい。野瀬家の墓に辿り着く前に何組かの家族連れとすれ違ったが、俺たちほど押し黙っているグループはいなかった。

「ここが、うちのお墓だよ」

お義母さんが足を止めたのは黒い御影石の墓石前だ。『野瀬家』と刻まれた墓石の傍らには平べったい墓誌も建てられており、明治や昭和時代のご先祖様の名前と並んで灯里の名前も刻まれていた。享年が『二十九才』と記されていることに今更ながら胸が詰まる。俺はもう三十歳、あと少しで三十一になるところだ。この先、俺だけがどんどん歳を取っていくのだろう。

お義父さんとお義母さんは来る途中で買ってきた仏花を飾り、汲《く》んできた手桶《ておけ》の中の水を柄杓《ひしゃく》で墓石にそっと掛けてあげていた。それから線香に火を灯し、線香立てに備える。嗅ぎ慣れない香りの細い煙が夏空に昇っていった。

「ここにね、二瑚ちゃんのママが眠っているの」

お義母さんが説明を添えると、二瑚も真面目な顔で墓石を見つめる。

「ママが、ここにいるの？」

「そう。二瑚ちゃんは、ママのことを覚えてる？」

その質問には傍で聞く俺がひやりとしたが、幸いにも二瑚は頷いた。

「おぼえてる。いっしょにごはんをたべたことがあるよ」

「そっか……ママもそれを聞いたら喜ぶと思うわ。こうやって手を合わせて、心の中でお話ししてみて」

お義母さんが両手を合わせてみせる。それを見上げた二瑚が真似をし、お義母さんが目をつむるとやはり倣って瞼《まぶた》を下ろした。

俺もまた、同じように手を合わせて目を閉じる。灯里がここにいる、という実感はない。もし見ているなら声くらい掛けてくれてもよさそうなものだが、墓地の道を行く人たちの足音と玉砂利の立てる音、そして遠くで鳴く蟬《せみ》の声しか聞こえてこなかった。墓石に名前が刻まれていても、ここに遺骨が納められていても、ここに来たからと言って灯里に会えるわけではないのだ。

ただ、一足先に目を開けて周りを窺えば、お義父さんもお義母さんも一心に手を合わせていて——その厳かな姿を見て、墓参りとは生きている人のためにあるのだろうと思う。生きている人たちが、死んでしまった人たちと向き合うための時間なのだろう。

二瑚も、一番最後まで手を合わせていた。

「どう？　二瑚ちゃん、ママと話せた？」

お義母さんに尋ねられ、二瑚は正直に首を傾げる。

「うーん。にこはあたまのなかでおはなししてみたけど、なにもきこえなかった」

「それでいいの。お返事がなくても、ママはちゃんと聞いててくれるはずだからね」

「ふうん」

そういうものかと腑に落ちない様子の二瑚の頭を麦わら帽子ごと撫で、お義母さんはそっと微笑んだ。

線香の灯を消した後、俺たちは墓地を後にする。この後の予定は何も決めていなかったが、一緒に昼食をと言われて近くのファミリーレストランに入店した。

夏休み期間中はどこもかしこも混んでおり、お昼過ぎのファミレスも例外ではなかった。十分ほど待たされてから四人掛けのテーブル席に通される。二瑚には子供用椅子が提供され、俺の真横に設置された。向かい側にはお義父さんとお義母さんが並んで座る。

「わざわざ、東京まで来てくれてありがとう」

一通りの注文を終えると、お義母さんが俺に向かって言った。

「しかもこんなに可愛い孫まで連れてきてくれて……すっかりお姉さんになったし、

立派なものね」

二瑚はなんとなく誉められたと悟ったようだ。そこでいい笑顔を見せる。

俺もその顔を確かめた後で応じた。

「去年は来られませんでしたから、今年はどうしても来たかったんです」

灯里の一周忌は、遠く函館から手を合わせただけだ。元々親戚付き合いが希薄だった俺にとって、個人の遺骨に祈るという行為にあまり意味を見い出せなかった。今年も灯里に会いに来たというよりは、お義父さんとお義母さんに見せたいものがあって来たのだ。

「それに、お渡ししたいものもあって」

俺は持参したアルバム二冊をお二人に差し出す。『二瑚　三歳』、『二瑚　四歳』とタイトルをつけた手作りアルバムを、まずお義母さんが手に取った。開いてすぐ、その顔がぱっと華やぐ。

「あら、二瑚ちゃんのお写真。これはスマホに送っていただいたものと同じね？」

「はい。アルバムを作ってお渡しする方がいいかと思いまして」

「嬉しいわ。スマホですぐ見られるのもいいけど、写真も欲しかったところなの」

お義母さんの笑う顔は灯里とよく似ていた。きれいな人だな、と思う。

一方、お義父さんはアルバムに手を伸ばそうとしなかった。お義母さんから促されてようやく一冊開いたものの、表情は苦痛に満ちている。

「私は……写真はずっと駄目なんだ。見ると灯里を思い出してしまう……」

灯里のカメラ趣味は、お義父さんの影響で始めたものだと聞いていた。最初に持ったカメラもお父さんからのお下がりで、そこからカメラ自体にも興味を持つようになったと――俺の知らない親子の思い出が、きっと語り尽くせぬほどあるはずだった。

「この写真は、灯里さんのカメラで撮ったんです」

彼女が遺したデジタル一眼レフは、今、俺の手元にある。それもファミレスのテーブルに置いてみると、お義父さんは迷わず手に取ってみせた。

「ああ、これだな。あの子はフルサイズ機がいいと言ったんだが、女の子の手には重いだろうと私が勧めたのがこのモデルだ。和佐くんにはむしろ軽いくらいかもしれないが……」

俺は灯里ほどカメラに傾倒しておらず、きれいに撮れればそれでいいくらいの感覚で写真を撮っている。もしかすると宝の持ち腐れなのかもしれない。ただ灯里のカメラは俺のスマホとは比べ物にならないほど美しく、鮮明に瞬間を切り取ってくれる。

二瑚が浮かべた笑顔の、その最高の一瞬さえも見事に捉え、写真の中に閉じ込めた。

「このカメラのお蔭で、俺は前に進めそうなんです。灯里さんが遺してくれたものが、辛い時も苦しい時も立ち上がる力をくれました」

そう言うと、俺は持ってきたもう一冊のアルバムを取り出す。

「これは俺じゃなくて、灯里さんが作ったものなんですが……」

表紙に『旅行』と銘打たれた古いアルバムを、やはりお義母さんが先に受け取った。

一ページ目を開いてすぐに、あっと小さく声を上げる。

「見たことがない写真だわ。これは、いつの？」

「結婚前ですね。社員旅行で、タイのプーケットに行った時です」

「社員旅行……そういえばあの子、その時の話はあまりしてくれなかったわね」

お義母さんはぱらぱらとページをめくり、アルバムを一通り見たようだ。それからくすっと笑ってみせた。

「もしかすると、和佐さんと一緒だったから恥ずかしくて見せられなかったのかしら」

そうかもしれない。それでなくともあの旅行は俺にとっても灯里にとっても、いいことも悪いことも盛りだくさんの数日間だった。散々な思いをし、最後にちょっと素敵な思い出ができたことを、誰にも打ち明けられなかったとしても不思議ではない。

「だけどきれいな写真ね……これがプーケットのビーチなの？」

「プーケット近くのコーラル島です。灯里さんとツアーで行ってきたんです」

「夢みたいな景色じゃない。ね、二瑚ちゃんもこのお写真見たの？」

お義母さんがアルバムを傾け、二瑚に問いかける。

二瑚は頷いた。

「うん。がいこくのうみのおしゃしんをみたよ。ママの『カオマンガイ』もパパとつくった。にこもおてつだいしたよ」

「灯里さんが遺してくれたレシピがあったので、二瑚と一緒に作りました」

俺が続けると、お義母さんはアルバムのページを繰り、レシピに行きついたようだ。

「ああ、これね。ちゃんと写真にメモまで残して、あの子らしい」

灯里はたくさんのものを遺してくれた。一枚一枚が息を呑むほど美しい写真、いつでも俺たちを温めてくれる美味しいスープごはんのレシピ、彼女の目であり心であったカメラ、そして可愛い娘の二瑚。全てが今の俺を生かし、動かしてくれている。

今も、俺の背を強く押してくれる。

「灯里さんの写真を見て、俺も思ったんです。この写真は彼女が幸せに生きた証だって。それなら彼女のカメラを貰った俺も、幸せに生きている証を撮って、残していかなくちゃいけないって。俺が撮った二瑚の写真は灯里さんがいてくれたからこそ撮れた、俺たちの幸せな証拠なんです」

そして俺はその幸せを、みんなに知らせていかなくてはいけない。

未だ悲しみに暮れるお義父さんとお義母さんに。妙に迷信深くてネガティブになっている俺の母さんに。いつも俺を気に掛けてくれる蓮見さんと、共に働く会社の人たちに。二瑚が通うこども園の先生やお友達に――俺たちは大丈夫だ。幸せだ。もう歩き出しているんだ、と。

「だから、どうか、見てもらえませんか」

そうお義父さんに頼むと、お義父さんは震える手でアルバムを手に取る。

改めてページを開くその顔は蒼白《そうはく》だったが、今度は一つひとつの写真を食い入るように見つめた。そして数ページめくった辺りで、震えるような声が零れ出る。

「ああ――」

お義父さんの閉じた目から、涙が滲んでこけた頬を伝った。

「こんな小さな子供を遺して逝《い》くなんて、さぞ無念だろうと思っていた。でも……」

身体を震わせながら声を振り絞るお父さんの背に、お義母さんがそっと手を添える。

「でも、灯里は……きっと安心しているだろう。可愛い娘を任せられる人がいて」

その言葉に、俺も黙って唇を結んだ。

そうしないとつられて泣いてしまいそうだった。だが隣では二瑚が、祖父の涙に心配そうな顔をしている。ここで父親まで泣いたら不安がらせてしまうだろう。だから堪えて、二瑚の頭を撫でてやった。

「大丈夫だよ」

大丈夫。

俺たちはもう歩き出している。

一泊して東京を離れる日、俺は灯里が遺した『旅行』のアルバムをもう一冊作って、お義父さんとお義母さんに渡した。欲しいと頼まれたので、カメラに残っていた画像データを掘り出してプリントし、新しいアルバムに入れた。二瑚の写真をまとめたアルバムも受け取ってくれて、これからも送ってほしいと頼まれている。

「二瑚ちゃんの成長を、灯里の分まで見届けないといけないからな」

帰る俺たちを見送る日、お義父さんはそう言って笑っていた。

「きっとあっという間に大きくなるのよ。今だってこんなにお姉さんなんだもの」

お義母さんの言葉を聞いて、二瑚は相当嬉しかったようだ。二人と別れ、羽田空港から飛行機に乗り込んだ頃になっても、しきりに俺に言ってきた。

「にこ、おねえさんだって！」

「そうだね。すっかりお姉さんみたいだよ」

「えへへぇ」

喜びと照れが入り混じりゆるみきった二瑚の笑顔を、俺はしっかりカメラに収めておく。

　函館に戻ってきたのは夕方のことだった。函館空港から青柳町まではバスと電車を乗り継いでも一時間以上掛かる。今すぐ出ても家に着く頃には午後七時を過ぎているだろうし、今日の夕飯はどうしようか、悩むところだった。

「二瑚、ごはんはどうする？　お店で食べて帰るか、それともおうちで食べようか」

　俺の問いに、二瑚は腕組みをして考え込んでみせる。

「うーん、おうちでたべたいかなあ」

　どうも二瑚は家に帰りたくてそわそわしているようだった。飛行機内でおもちゃを貰い、おじいちゃんおばあちゃんにもおもちゃや絵本を買ってもらったから、きっと一刻も早く遊びたいのだろう。そういうことなら二瑚の気持ちを汲んであげるべきだ。

「なら、帰って家でご飯にしよう」

「うん！」

　俺は二瑚の手を引き、スーツケースも携えて、空港から市営バスに乗り込んだ。湯の川で一度降りて、市電に乗り換える。そのまま路面電車に揺られて青柳町電停まで向かった。

「あおやぎちょう、ついた！」

　見覚えのある停留所看板に歓声を上げる二瑚を連れ、急勾配のロマンス坂を離れた。

既に辺りはとっぷり暮れており、横たわる牛のような函館山の頂上には展望台が光り輝いている。

街灯の明かりを頼りに、住み慣れた青柳町のアパートへ向かった。たった一日二日空けていただけなのに、玄関のドアを開けて家に入った瞬間、懐かしさと安堵が込み上げてくる。家に帰るのはいいものだ。

「それで二瑚、夕飯は何にしようか。何を食べたい？」

早速自分の部屋に駆け込んでおもちゃを広げ出した二瑚に、改めて尋ねる。二瑚も遊びの手を止め、答えてくれた。

「あのね、ママのごはんでたべてみたいやつがある」

「どれかな？」

俺が灯里のアルバムを広げてみせると、二瑚はそれを探し当てて指を差す。

「これ。カレーあじのスープごはん」

小さな人差し指が示す写真は、灯里が作ってくれたこともあるカレーリゾットだ。彼女の得意料理の一つで、だが言われてみれば二瑚にはまだ食べさせたことがない。

「わかった。作ってくるからね」

嬉しそうに頷く二瑚を部屋に残し、俺はキッチンへ向かう。お手伝いを頼もうかと思ったが、今日のところは二瑚も疲れているだろう。手早くご飯を食べさせて、ゆっくり休ませてあげる方がいいか。

カレーリゾットは生米から作る。材料は米と玉ネギ、カレー粉、バター、コンソメ、それに仕上げ用の粉チーズが『お好みで』なんて書いてあった。

俺は灯里が書いてくれたレシピを辿りながら、その手順通りに準備をする。まずは米を研いでザルに上げ、玉ネギはみじん切りにしておく。フライパンにバターを溶かして全体に行き渡らせたら、玉ネギを弱火でじっくり炒める。玉ネギが透き通ってきたら、研いだ米も一緒に炒めておく。

この時点でキッチンからはバターのいい香りが漂っていた。

「いいにおい」

二瑚が覗きに来る。

「あともう少し待っててね」

そう声を掛けたら、ぱたぱた走って戻っていった。

米にもバターが馴染んできたら、今度はカレー粉を加える。カレー粉は炒めた方が香り豊かで美味しくなるのだが、水分があまりないところで炒めるのはなかなか至難の業だった。焦げつかないよう細心の注意を払うこと、と灯里のレシピにも書かれている。

カレーの香りが立ってきたら、別の鍋にコンソメスープを作り、よく温めてから注ぐ。美味しいスープごはんにするには、コンソメスープをまず半分だけ加えるのがコツだそうだ。そうすることで米がべちゃっとせずに仕上がると灯里は言っていた。

　時々ヘラでかき混ぜながらスープがなくなるまで煮込んだら、残りのスープを再度温めてから注ぎ、あとは米が好みの柔らかさになるまで加熱するだけだ。

「三瑚、できたよ！」

　俺が呼びかけると三瑚は洗面所へ駆け込み、手を洗う。そしてダイニングの自分の椅子に座った。

「ほら、粉チーズはお好みで」

「おこのみで？」

「食べたい分だけ掛けていいよ、ってことだよ」

　それで三瑚は自分のリゾットに粉チーズを一振り、申し訳程度に掛ける。その後で俺が三振りほど掛けたのを見て、更にもう一振り追加していた。

「いただきまーす」

「いただきます」

二人、声を合わせて食事を始める。

　一泊二日の旅行の後で疲れた身体に、柔らかいカレーリゾットはちょうどよかった。カレーの香りは食欲をそそるし、ほんの少しの辛味とバターのコク、コンソメの塩気、そしてとろりと溶ける粉チーズの風味が堪らない。ちょっと濃いめの味が美味しいと感じるのもきっと疲労感のせいだろう。スープを多めに仕上げたリゾットは、東京でたくさん冷房を浴びてきた身体をじわっと内側から温かくしてくれた。

灯里のスープごはんは、いつでも俺たちを温めてくれる。今までも、きっとこれからも。

「ママのごはん、おいしいねえ」

二瑚も食べたがっていたカレーリゾットの味わいに満足そうだった。さらりと一杯食べ終えて、お代わりを貰ったところで、俺が自分の皿に何か振りかけていることに気づく。

「パパはなにをかけてるの？」

「ああ、これ？　唐辛子と黒コショウだよ」

カレーリゾットは小さな二瑚に合わせて作ったので、俺の舌にはちょっと甘めだ。普段もカレーを作る時には、自分用に後から一味唐辛子と黒コショウで辛さを足すようにしている。

「それをかけるとどうなるの？」

「ちょっと辛くなるよ。パパは辛い方が好きなんだ」

俺の答えを聞いた二瑚が、すかさず言った。

「にこもかけてみたい！」

「にこはもうおねえさんだもん。ひろあきくんも、カレーはちゅうからだっていってた」

「ええ？　いや、辛いよ？」

二瑚はそう言い張って聞かない。どうしても掛けると主張してくるので、試しに俺の皿の中身を味見させてみることにする。

「ほら、パパのを食べてごらん。それで平気なら、自分のお皿に掛けてもいいよ」

「わかった」

二瑚はスプーンを握り、俺の皿からカレーリゾットを掬った。はらはらするほど勢いよく口に運んだ後、きゅっと眉を顰めてみせる。一応飲み込んでから、慌てて麦茶のコップに手を伸ばした。

「からかった」

「……だろうね」

二瑚にはまだまだ甘口の方が合っているみたいだ。

だがそのうち二瑚も甘口を卒業し、辛口のカレーリゾットを食べるようになるかもしれない。あるいは大きくなったって甘口が好きなままでいるかもしれないが、どちらにせよ俺はその先行きを見守ることになるだろう。そしていつかの未来で、今日のことを思い出すかもしれない。

だから、写真に収めておこうかな。

二瑚が改めて自分用の甘口カレーリゾットを食べ始めたところにカメラを向ける。たちまちスプーンを握った二瑚が俺に笑いかけてきた。灯里のカメラはその笑顔を、最高に可愛い瞬間に捉えてくれた。


短い東京旅行の間に、俺はお土産を二つ買ってきていた。

一つは旅行の次の日、二瑚と二人で母に渡しに行った。もう一つは職場用のお菓子だ。休憩室に『よろしければどうぞ』とメモを添えて置いておく。

その隣には別のお菓子が『皆さんでお召し上がりください』というメモ書きと共に並んでいた。これを買ってきたのはライブ帰りの月舘さんだ。

「なんかもう……見届けてきたって感じです」

しみじみと語る月舘さんは、髪を青一色に染め上げていた。以前はインナーカラーだけだったのだが、推しメンであるトーマさんの脱退を機に、応援の意味で染めてしまうことにしたのだそうだ。

「彼、いつになるかはわからないけど『いつか戻ってきたい』って言ってて……だったら私もファンとして、信じて待とうと思ったんです。この髪色は、その決意の表れです！」

月舘さんによれば、トーマさんはライブ中、自らの口で『少し休養するための脱退』だとファンに向かって説明したらしい。一部報道にあった事務所との確執や他メンバーとの不仲はきっぱりと否定し、しかししばらくの間、ユニットを離れて休みたいと語ったそうだ。

「全部が全部、真実かはわからないですけど……私はトーマの、推しの言葉を信じようと思いました。だから本当、会いに行ってよかったと思います」

彼女の表情は明るく、一時期の思い詰めた様子はすっかり消えてなくなっている。

俺もほっとしたが、蓮見さんも及川さんも清野さんも、それぞれに安堵しているようだ。

「月舘さんが元気ないと、雰囲気暗くなっちゃうもんね」

笑顔の及川さんの言葉に、蓮見さんもうんうんと続ける。

「丸く収まったみたいでよかったよ」

俺も相変わらず芸能関係は疎いのだが、誰かを応援し、その誰かにパワーを貰うという気持ちは当然ながらわかるのだ。だからこそ、月舘さんの推しにもいつか元気に戻ってきてもらいたいな、と思う。その方が月舘さんもより頑張れるだろうし、笑っていられることだろう。

「青柳さん、その節はありがとうございました」

月舘さんは俺に対し、丁寧にお礼を言ってきた。

「あの時、青柳さんが背中を押してくれたから、私はトーマに会いに行けたんです。すごく迷いましたけど、会いに行ってよかったです」

「大したことはしてないですよ」

謙遜でもなく、俺は手を振って応じる。むしろ差し出口でなければいいと後から焦ってもいたのだが、月舘さんの役に立てたのなら幸いだ。

「いや、あの言葉刺さりましたよ。『最後の記憶はいくらでも塗り替えられる』って、そう言ってもらえたから私、ライブに行けたんです。たとえそこで嫌な思いしても、塗り替えてやるって思えたから……」

あんまり誉められるとむず痒くなる。俺は照れ隠しのつもりで言った。

「正直、月舘さんのお気持ちがわかるんですよ。俺にも推し、みたいなものがいるので」

「え!? そうなんですか？」

「はい。娘と、亡き妻です」

胸を張って答えると、蓮見さんは驚いたような顔で俺を見る。及川さんは温かく微笑み、清野さんはわかるというふうに何度も頷いた。

そして月舘さんはにやりとして、親指を立ててみせる。

「それは最高の推しだと思います！」

俺も、本当にそう思う。

仕事を終えて退勤し、こども園のお迎えに行くと、二瑚はいつも素晴らしい笑顔で出迎えてくれる。

「パパ！　おつかれさまー！」

飛びついてくる背丈はどんどん伸びていて、遂に先日一メートル五センチを超えた。再来月には五歳になる。つくづく、子供の成長は早いものだと思う。最近ではひろあきくんの他に、同じ二号保育の年少さんの子供たちにも声を掛け、一緒に遊んだりしているらしい。

「お姉さんの自覚が出てきたみたいで、寂しそうにしてる子を遊びに誘ってあげたりしてるんですよ」

板倉先生の言葉に俺は内心誇らしくなったが、先生は笑ってこうも続けた。

「ただ、みんなで遊び出したと思ったら途中で飽きちゃうのか、一人抜け出して絵本読み始めたりもするんですけどね」

「我が子ながら、ちょっと気まぐれなところもありまして……」

二瑚ならやりそうだと思うので、俺も苦笑する他ない。

　でもそれでいい。完璧ないい子じゃなくてもいい。幼児だって人付き合いで疲れることもあるだろうし、一人で絵本を読みたい気分の時もあるだろう。いつか社会に出るまでは、好きなようにのびのび生きたらいい。

「十がつになったら、またおたんじょうかいがあるよ」

　二瑚を自転車に乗せて帰る途中、後部座席から彼女が言う。

「また、大きくなったらなりたいものを聞かれるの？」

「そうだよ。にこは、でざいなーってこたえようか、まよってる」

　候補の一つにしてくれることは嬉しいが、そこは是非、二瑚の好きにしてほしい。どんなふうに答えたとしても、その報告を俺は嬉しい気持ちで聞くことだろう。

「二瑚の好きなものでいいと思うよ。ほら、『ぱきしえ』でもいいし」

「パティシエだよ、パパ。『ぱきしえ』じゃないよ」

「ごめん、そうだったな。とにかく、ケーキも好きだったろ？」

　自転車で風を切りながら、背中越しに二瑚が唸るのが聞こえる。ずいぶん真剣に考え込んでみせた後、やがて彼女はこう言った。

「ケーキやさんもいいけど、スープやさんもいいかも」

「え？」

「うちのスープごはん、おいしいから。つくりかたをみんなにおしえたい！」

それは本当に素敵な夢だ。

気まぐれな二瑚のことだから、一時の思いつきかもしれない。でもそんな考えが思い浮かぶこと自体、スープごはんが二瑚を幸せにしているという証拠ではないだろうか。

だから、――心配は要らないようだよ、灯里。

自転車は見慣れた青柳町の街並みを走る。夏の終わりの温《ぬる》い風は微かに潮の香りがする。今日もお腹が空いたなと思いながら、俺と二瑚は家へと向かう。

帰ったら今夜もごはんを作ろう。美味しいスープごはんにしよう。

物語に登場した料理をご紹介！

青柳さんちのスープごはんレシピ♪

「#青柳さんちのスープごはん」のタグをつけて
SNSへの投稿お待ちしています！

柔らか白菜の豆乳胡麻スープ

材料 ご飯、白菜、ニンジン、ウインナー、豆乳、ごま油、合わせ味噌、練り胡麻、鶏がらスープの素

作り方

❶白菜は洗って、食べやすい大きさに切る。ウインナーは輪切り、ニンジンは細切りにする。
❷小鍋にごま油を引き、白菜の芯の部分とウインナー、ニンジンを炒める。
❸野菜がしんなりしてきたら弱火にして豆乳を注ぎ、合わせ味噌と練り胡麻を溶く。白菜の葉を加え、煮立てないように弱火で煮込む。
❹白菜に火が通ったら鶏がらスープの素で味を整え、火を止める。ご飯を盛った器に上からスープをかけたら出来上がり。

ワンポイント 大人向けに豆板醤で炒めたひき肉を載せても美味しいです。

＊使用する食材、加熱時間、切り方などは体調に合わせて調整してください。
＊安全な調理のため、使用する機材の注意事項を守り、火傷・食中毒等にご注意ください。

ふんわり卵のつみれあんかけ

材料 ご飯、イワシの水煮缶、青梗菜、長ネギ、溶き卵、出汁、醤油、みりん、おろしショウガ、片栗粉、塩

作り方

❶イワシの水煮缶は水分を切る。長ネギはみじん切り、青梗菜はざく切りにする。
❷イワシにみじん切りにした長ネギとおろしショウガを加え、片栗粉、塩を加えてよく捏ねる。
❸鍋に湯を沸かし、❷をスプーンで掬い入れる。青梗菜も加えたら出汁、醤油、みりんで味を整える。
❹❸に水溶き片栗粉を加えてとろみをつけたら、更に溶き卵を流し入れてゆっくりかき混ぜる。卵がふんわりしたら火を止める。
❺ご飯を盛った器に❹をかけたら出来上がり。

ワンポイント イワシ缶の代わりにサバ缶でも美味しく作れます。

野菜たっぷりクラムチャウダー

材料 ご飯、アサリの水煮缶、野菜（ピーマン、玉ネギ、ニンジン、ジャガイモなど）、牛乳、コンソメ、塩、コショウ、薄力粉、粉チーズ、バター

作り方

❶野菜は全て角切りにして、バターで炒める。野菜がしんなりしてきたら火を弱め、薄力粉を振り入れてから炒め、全体に馴染ませる。
❷❶にアサリの水煮缶を汁ごと加え、牛乳、コンソメを入れ混ぜる。塩、コショウ、粉チーズで味を整え、弱火で煮込む。
❸お好みでご飯もバターで炒めておき、❷をかけたら出来上がり。

ワンポイント 野外で食べる時は塩おむすびにかけるのも美味しいです。

思い出のカオマンガイ風雑炊

材料 米、鶏もも肉、小松菜、ミニトマト、鶏がらスープ、おろしショウガ、醤油、酢、砂糖、ごま油、塩、コショウ

作り方

❶米は洗ってザルに上げておく。鶏もも肉は余分な脂肪を取り除き、塩コショウを振っておく。小松菜は食べやすい長さに切る。
❷炊飯器に米を入れ、鶏がらスープを注ぐ。鶏もも肉と小松菜を載せ、なるべく平らに均してから炊く。
❸ショウガダレを作る。たっぷりのおろしショウガに醤油、酢、砂糖、ごま油を加えてよく混ぜる。
❹雑炊が炊けたら鶏もも肉を取り出し、食べやすい大きさに切り分ける。切った鶏肉と小松菜を雑炊に載せ、上からショウガダレをかけ、ミニトマトを添えたら出来上がり。

ワンポイント **小松菜の代わりにパクチー、もしくはベビーリーフでも美味しいです。その場合はミニトマトと一緒に後から添えてください。**

まだまだ甘口カレーリゾット

材料 米、玉ネギ、カレー粉、コンソメ、バター、粉チーズ

作り方

❶米は洗ってザルに上げておく。玉ネギはみじん切りにする。
❷フライパンにバターを溶かしたら玉ネギを弱火でじっくり炒める。玉ネギが透き通ってきたら水気を切った米も加えて更に炒める。
❸米にバターが馴染んできたらカレー粉を加える。焦がさないようにかき混ぜながら炒める。
❹別の鍋にコンソメと水を加えて温め、❸に半分の量を加える。
❺スープの水分がなくなるまで炒めたら、❹の残りのスープを加え、米が好みの柔らかさになるまで煮込む。
❻器に盛りつけ、粉チーズをお好みで振って出来上がり。

ワンポイント **辛味を足すなら一味唐辛子と黒コショウがお勧めです。**

※この物語はフィクションです。作中に同一あるいは類似の名称があった場合でも、実在する人物・団体等とは一切関係ありません。
※本書は書き下ろしです。

宝島社
文庫

青柳さんちのスープごはん

(あおやぎさんちのすーぷごはん)

2025年2月19日　第1刷発行

著　者　森崎 緩
発行人　関川 誠
発行所　株式会社 宝島社
〒102-8388　東京都千代田区一番町25番地
電話：営業 03(3234)4621 ／編集 03(3239)0599
https://tkj.jp

印刷・製本　株式会社広済堂ネクスト

ISBN978-4-299-06284-0